忽成歐洲過客

趙淑俠・著

右　趙淑俠〔站立者〕四歲、趙淑敏一歲時與父母在北平

左上　趙淑俠〔右〕五歲、趙淑敏兩歲

左下　少年時代在臺中，趙淑俠〔右〕十七歲、趙淑敏〔左〕十四歲

左上　二〇〇〇年在紐約參加文化活動，趙淑俠〔左〕、趙淑敏〔右〕
右上　九十年代在臺北，趙淑俠〔右〕、趙淑敏〔左〕
左下　一九九〇年代去大陸開會，趙淑俠〔右〕、趙淑敏〔左〕
右下　二〇〇一年在紐約華文作協開會，趙淑俠〔右〕、趙淑敏〔左〕

文壇姐妹星

宣樹錚

中國文學史上有父子都是文學家的：三曹（曹操、曹丕、曹植）、三蘇（蘇洵、蘇軾、蘇轍），二李（李璟、李煜）、二晏（晏殊、晏幾道）；有父女同為文學家的：蔡邕、蔡琰；也有母女，如當代的茹志鵑、王安憶就是；至於兄弟則有三陸（陸機、陸雲）、三袁（袁宗道、袁宏道、袁中道），現代的魯迅和周作人；兄妹則有班固、班昭，左思、左芬。而姐妹呢？那就是文壇姐妹星：趙淑俠、趙淑敏和施、朱兩家姐妹。

一

十年前，我去曼哈頓華美協進社（China Institute）參加講座活動，坐定不久，見兩位女士連袂而入，穿戴明豔、氣質高雅。在華美協進社往往能遇見一些文化名人，她們會是誰呢？聽人介紹，才知道是趙淑俠、趙淑敏姐妹，聞名已久，但這是我們第一次見面。她們應該才來美國不久。趙淑敏從臺灣移民美國後，定居紐約法拉盛，而趙淑俠當了三十多年的「歐洲過客」，終於也來了美國，先是住在曼哈頓，離世貿中心不遠，九一一之後遷來法拉盛，姐妹倆樓宇相望，住得很近。紐約供華文作者活動的平臺本來就不多，常去的大致又是那些人，彼此遇上幾次，也就認識了。

法拉盛是紐約第二華埠，是華人新移民文化人首選的居處，近年又蓋了公立圖書館，圖書出借率居全美之冠，紐約華人文化中心就漸漸轉移到了法拉盛，文化活動也相應地活躍起來：文學講座、新書發表會，作家、作品研討會，讀書會，還有華文作協的活動，諸多場合往往都能見到趙家姐妹的身影，汲汲於傳播中華文化，熱心扶持文壇新人，樂此不疲。有那麼一段時間，以王鼎鈞、趙淑俠、趙淑敏為首的七、八位文友，有機會就會聚一聚，無論餐敘或是茶敘，天南地北地聊聊，交流資訊、各抒己見，縱談橫議，興會淋漓。我和趙家姐妹，也從客氣的問候到隨便聊聊，進而彼此可以直呼其名、無話不談了。

這一對親姐妹長得並不像，但任誰見了，都能透過歲月的輕紗窺出她們青春的倩影麗質，好一對妙人兒！有一回閒聊，說起少年事，她們淺笑著談到，當年追求者可是「大排長龍」呢！那時候沒有「美女作家」這個詞兒，不像今天，只要是女寫手，無不冠以「美女」

的頭銜，即使連「貌可中人」都說不上。

在有眾多女士的場合上，姐姐淑俠的服色總是最搶眼的，翠綠、赭黃、烏黑、雪白……一經搭配，在深沉中露出青春躍動的鮮豔明快。有年紐約華文作協新春團拜，趙淑俠戴一頂駝色貝雷帽，團圞如月；前不久見面，則戴了一頂看似灰鼠皮的鴨舌帽。她總是穿得那麼「恰到好處」。我說：「你真會穿戴，總那麼出彩。」她說：「別忘了我在歐洲學過美術設計，是有執照的美術設計師。」妹妹淑敏偏好黃色，嬌嫩純淨如蓮蕊的黃色。她說她喜歡自然、簡單、鮮明、豔亮，一如其心境。

姐妹倆性格不同。在公開場合，姐姐是圓，妹妹是方。姐姐處事圓融通達，反應敏捷、思慮周全。無論主持會議還是即興講演，都言之有物，表達清晰流暢，往往恰到好處、皆大歡喜。妹妹有稜角，好辯難，凡事認真，有學者的嚴謹，為了辯明事實，有時無暇顧及對方的面子和感受。我見過兩回，姐姐在臺上講演，妹妹在臺下舉手，發言詰難。我也有幸受過淑敏的詰難，好像在一次文學講座中涉及了唐宋的社會經濟問題，她提出了問題，聲音很亮，聽來有些咄咄逼人。淑敏「左手學術、右手文藝」，就學術而論，她的專長是中國經濟史。前幾個月，淑敏應邀參加回憶錄《千年世家》的新書發表會，作者齊彧是黃興的曾外孫，據目擊耳聞，書中提供了不少野史軼聞，讀來趣味盎然。淑敏在書裡夾了一張一張的小紙條，發言中逐一檢閱，指出書中的失誤，不用說，肯定是下了不少功夫。她就是這麼認真，她承認，只要碰上學術和知識方面的問題，就頂真而不肯妥協。但在私下的交往中，你會發現趙淑俠是圓中有方，她對一系列問題都有自己明確的觀點，而且頑強執著；趙淑敏則是方中有圓，有著隨和、體貼的一面。

二

趙淑敏在〈與姐偕行〉這篇文章裡，回憶了在重慶沙坪壩的童年往事，十歲出頭的姐姐帶著妹妹，著了迷似地一起到隔壁的「時與潮書店」看小說，那時淑敏才八歲。這一對有著文學天賦的姐妹，小小年紀就為自己的文學生涯熱身，這在作家中也是少有的。從十五歲開始，趙淑敏在報上發表文章。而趙淑俠從七十年代始，作品亦是源源不斷，僅僅十來年，長篇、短篇加上散文，就寫了三百多萬字，成了臺灣最受歡迎的作家之一，一九七八年問世的《我們的歌》榮獲臺灣作協小說金牌獎，奠定了她在文學史上的地位。當時姐妹倆的作品常常同時在報紙的新書廣告中出現。趙淑敏一九八五年的長篇小說《松花江的浪》獲得國家文藝獎，標誌著她的創作高峰。這對在文學天空中閃亮的姐妹星，各有自己的軌道，卻又互相牽引著，不斷前行……

淑俠和淑敏的創作以小說為主，她們也以小說名家。小說家鮮有不寫散文的，她們都寫過不少的優美散文，出過多本散文集。眼前又是兩本，這兩本集子《忽成歐洲過客》、《蕭邦旅社》分別是淑俠和淑敏來美以後的散文結集。憶人記事、閱世論文、天涯旅蹤、心靈細語……，從中可以讀出人生、讀出情愫、讀出哲理，讀出時與空、讀出愛與美。

趙淑俠的文字溫馨質樸、有親和力，一路讀來，如漫步蘇堤。她的散文隨處流露出發自內心的人文關懷：關懷生命、關懷人生、關懷文藝，和對生命的慈悲熱愛、對人生的通達思考、對文藝的虔誠擁抱。文章中有時也有孤獨的流星，那是作者對著蒼穹的沉思，一個真正的作家，一定也是孤獨的。

趙淑俠的散文引領你走向外面的世界，讀完一篇文章，就像打開一扇門，眼前是一片理性、樂觀、有著愛和希望的天地。

趙淑敏的文字風格和姐姐不同，也許少了點兒質樸明快，但多了一份推敲和講究。一路讀來，不是漫步蘇堤，而是進了江南園林、上了九曲橋、進了假山洞，讀完後，更覺別有韻味。趙淑敏的散文引領你走向內在的世界：自我的生命體驗、細膩的感情積累，乃至歷史的縱深滄桑——別忘了，趙淑敏是個歷史學者。

三

大概三年前吧，趙淑俠在閒聊中說：「這兩年沒有好好寫東西，一個作家不寫東西，還算什麼作家？不行！」語氣中不無遺憾，甚至有點自責。幾個月後，趙淑俠說：「我覺得我還能寫，我有這衝動，現在已著手準備了，寫歷史小說，長篇，就寫納蘭性德。納蘭是葉赫族，正黃旗，我媽媽是滿族，也是葉赫族正黃旗。」她顯得有些激動。我聽了之後，有點吃驚，心想：寫長篇小說，你有這精力嗎？光搜集資料、看資料就夠受的了。此後每次見到趙淑俠，總會問起納蘭性德的事，於是知道她每天夜裡都到兩、三點鐘才就寢。

今年九月，我受託送兩本書給趙淑俠，約好在她公寓樓下的大廳碰頭。我提前幾分鐘到，趙淑俠下來了，穿得很家常，也沒有像平日出門時，總要上點妝，她笑著說：「你看我就這麼下來了。」一問之下，果然又是後半夜才睡的覺，但她看起來精神很好。她告訴我：「納蘭性德寫完了，共二十三萬字，書名叫《淒情納蘭》。」我又吃了一驚：「這麼快？」「查看資料花了八個月的時間，今年年初動手寫的。」趙淑俠說。接著談到出版、改編電視劇的事，她說，她連演納蘭性德的演員都相好了。

一個星期前，姐妹倆在臺灣參加完第七次世界華文作協會員大會回來，幾個人一起聊天。她們介紹了開會的情形。十一月二十九日，大會給趙淑俠頒發了終身成就獎，這是第五次頒獎，同時受獎的還有詩人余光中、小說家司馬中原。我們表示了祝賀，為她感到高興。得獎的原因，不只是趙淑俠卓越的創作成就，還因為她是歐洲華文文學的創始人。一九九一年，歐華文作家協會就是經趙淑俠奔走籌劃，在巴黎成立的。這是第一個全歐範圍的華文文學團體，趙淑俠是首任會長，也是終身榮譽會長。

席間，趙淑敏談到她準備創作一部名為「紐約傳奇」的系列短篇小說，以紐約華人社會的人生百態為素材。我說：「這題材好，寫了可以在《紐約文藝》發表。」淑敏說：「就怕會得罪一些人。」我說：「這是寫小說，塑造形象，又不是指名道姓，不必多慮。」接著，我問趙淑俠：「《納蘭》寫完了，下面準備寫什麼？」她搖搖頭說：「不寫了，太耗費精力了。」

我笑了，我不相信她真停得下來。因為我知道，文學既是這一對姐妹的生命，也是她們的宗教！

（作者為知名學者、作家，曾任蘇州大學中文系主任）

多謝殷勤杜宇啼

趙俊邁

趙淑俠、趙淑敏這對文壇姐妹，二〇〇九年初春要出新書了，姐姐的新書名是《忽成歐洲過客》，妹妹的新書名則是《蕭邦旅社》，光看書名，便可聞出濃濃的「旅居異鄉身似客」的況味。這和她們上一次出書，相隔八、九年！

當姐妹，除了要有情份，還要有緣份。趙淑俠和趙淑敏同在文壇屹立不搖，姐妹情份篤厚自不待言，趙家兒女六女一男，單單就她倆喜愛文學而且創作不輟，一起走入文壇，似乎是冥冥中註定的因緣。

不論在紐約、在歐洲、在臺北、在大陸，許許多多文壇聚會、寫作論壇的場合，淑俠、淑敏總是形影相隨，尤其這幾年，姐姐呵護妹妹，妹妹照拂姐姐；儘管兩人容貌不相似，但互依互持的情景，陌生人也可看得出，她倆是姐妹。

場景一：作家文友聚會上，大姐是熱情圓融的，二妹較專注而安然，淑俠總是滿場笑語盈盈、溫馨寒暄；淑敏多是輕言細語或在一旁含笑靜觀。

場景二：座談或讀書會上，發表意見時，姐姐的稱揚讚賞多於批評指教，儼然有儒釋之風；妹妹常客觀超然、一針見血，有包青天的架勢。

雖然兩人風格相異，但她們敬重文友、平易和善的風度則是一般優雅，在兩人雍容的笑意中，讓人神馳遙想：錢鍾書曾對夫人說：「有名氣就是多些不相知的人。」楊絳為此寫下足堪低迴再三的註腳：「我們希望有幾個知己，不求有名有聲。」

淑俠人如其名；有一份堅強的自信心作為後盾，她的外表顯露著自在與樂觀，笑容常寫在臉上，揚起的嘴角掛著關懷與熱情；現在，好多人都叫她「大姐」，是因為感到她散發出「淑人君子，其儀一兮」的煦煦溫暖吧！

事實上，她大半生輾轉異鄉，人在天涯，獨來獨往的一個人，她說過：「我默默獨『爬』，孤家寡人一個。」這當中的「爬」，指的就是爬格子。如今她不用爬的了，她與時俱進，早就「敲」電腦了！

趙淑俠文如其人；她有幾分俠氣，她認為這「俠」字，最能形容她諸多文章裡潛在的精神，「我走過不少地方，看過形形色色的中國人，……我覺得在今天的世界上，做個中國人並不輕鬆」；或許就是肇因於這個「俠」字，她以筆代劍，馳騁文壇，為移居海外的華人打抱不平，她描寫海外華人的奮鬥心路歷程，為他們一掃胸中飽饜的酸甜苦辣，當然，其中也寫了許多自己！

在她的小說創作中，不論是《我們的歌》、《落第》、《春江》或是《賽金花》，都有一個通性：真實、真情、真心，她說：「我寫小說不喜雕琢，追求自然淡素。」淡素，也是一種美；絢爛趨於平淡，是一種意境；趙淑俠是學美術設計的，她在引領世界時尚潮流的歐洲從事絲綢圖案設計，用色大膽、極盡花俏，她說，那是一種直接的視覺效果，而文學，是心靈感覺之美，揮灑之間自是不同，追求目標也有區別。

大姐的筆，還是多情的，飽含女子的柔情、婉約、細緻，但又不失書香大氣。她的另一部長篇小說《淒情納蘭》也將付梓，她在介紹文字中這樣寫著：「紅塵孽海，浮生淒迷如夢，生死之限本難界定。容若的肉身雖已消失三百多年，他的詞作仍在繼續傳誦，留給人間無限的優美婉約和感人肺腑的至情。他證明了文學和一個文學男人的魅力與不朽，也證明了只有真正的美與善，能在人間逐世長存。」充分顯露了作者內心的婉約與筆端的氣度。

同樣是知名的作家，淑敏與姐姐的作品風格卻不相同。

趙淑敏曾任教於輔仁大學、實踐家專及東吳大學。十五、六歲就開始投稿，她形容自己是「教授三十年，寫作四十年」。

或許是因為久當「夫子」的關係，她的作品除了小說、散文，多為方塊專欄，《歸根》、《離人心上秋》、《松花江的浪》《心海的迴航》、《小人物看大世界》及《採菊東籬下》等之外，還有一冊雜文選集《短歌行》，與姐姐最大的不同，是她更多了幾分敏銳和理性。

妹妹愛唱歌，九歌出版的《乘著歌聲的翅膀》中這樣形容：「愛唱的人時時不忘唱歌，有聲的歌與無聲的歌全溶在文字裡。」真的，她超愛唱歌，如今在許多場合上，她仍不吝於展現她的美聲歌喉。

對大姐淑俠來說，二妹還有更可愛的一點，那就是客串她的祕書；她倆經常一起應邀參加座談、新書發表、茶會、參觀等活動，每當主辦單位打電話邀約大姐，正要說明時間和地點時，她總會搶在前頭說：「對不起，請您把時間和地點告訴淑敏吧！」淑敏也總會在電話裡跟聯絡人說：「請把注意事項都告訴我吧，您就是告訴大姐，也白搭，她記不住的！」

趙大姐的本事，就是把記有電話、地址的紙條隨手一放，就再也找不著了！因此，她一遇要事，一定找淑敏充當祕書，妹妹非常細心的記下各項細節，仔細得教人佩服。例如從他們居住的皇后區法拉盛到曼哈頓中城某博物館參觀，二妹會上網，把搭地鐵的車號、轉車的站名，轉搭幾號地鐵、哪站下車、哪個出口出站，都查得詳盡、記得詳細。大姐就安安心心、從容自若地跟著祕書，亦步亦趨地到達目的地。

這位愛唱歌的祕書，面對寫作和作學問時，則有剛毅堅持的一面，她筆鋒冷靜客觀，為學踏實。參加座談會，她必然就事論事，不虛與委蛇。這和她當了數十年的教授有關，她會說：「該講則當講，絕不應付了事。」

提起寫作緣，悠悠然，她走進時光隧道，捕捉那段緣起：「我五歲時就跟著大姐鑽進巷口的書店『看』書去啦！我哪認識字啊？我就學大人看書的樣子，拿本書可以端詳許久，後來讀書識字了，自然對書有一份熟悉的親切感。」

這雙姐妹對文字的迷戀，或許真是老天特意的安排。淑俠那年只有八歲，剛懵懂於小說中的形形色色，一下子就沉醉在「小書」的世界裡。

又是「天寶年間」的話了：抗日戰火日熾，趙家隨著國民政府遷到陪都重慶，姐妹兩個小娃娃跟著父母從北平千里流徙至嘉陵江，離鄉背井又逢國難當頭，孩子們哪有「玩具」可耍？八歲的大姐帶著五歲的二妹，百般無聊的在巷子裡閒晃蕩，無意間走進巷口的一家書店，大姐發現了新「玩具」，此後兩個娃娃就常蹲在書店的一方桌腳下「玩」書；字不認得幾個，就溜著看，一直看到抗戰勝利，全家搬到北平。當時，已埋下兩人日後喜愛文學的種子。

後來趙家的隔壁開了間大書店。「書店名叫『時與潮』。」、「是齊大爺開的！」、「齊大爺就是齊邦媛教授的父親。」、「他是我爸的老友，是東北協會的會長。」、「正確的說，書店是東北協會辦的。」兩人回憶起這段往事，妳一言我一語，爭先恐後、吱吱喳喳，就像回到孩提時代一般。清晰難忘的童年，是此生美好的記憶啊！

淑敏還記起娃娃時代，和姐姐妹妹一起玩「家家酒」，用紙剪個小男生、做個小女生、做一些桌椅家具什麼的，開始辦家家酒，不但有臺詞、還有劇情，今天沒辦完，明天接著演，就像現代的連續劇，她認為這是她後來也寫劇本的「因緣」。

說到劇本，大姐淑俠興致可高了，因為她當年做小小讀者時，是從看劇本入的迷，十來歲就能把《北京人》、《日出》、《雷雨》、《原野》背得滾瓜爛熟。投入太深，以致她的人生第一目標是當演員。後來，寫作則成了生命中的最愛。

在一九八六年應邀訪問北京時，特別要求拜訪曹禺，她很鄭重地對崇拜的偶像「坦白」了這青澀時代的夢想。自己的劇本對一位海外女作家，有如此大的影響，曹禺老先生必然是一番驚喜。

創作天地裡，雖然各有一片天，兩人依然相扶相持、情深義濃、鼓勵切磋，數十載而不移，實屬近代華文文壇風流多彩的姐妹情、筆耕緣！

這是一個出版灰暗的時代、也是讀書風氣窒礙的時代，更是文學創作病老垂危的時代，但兩姐妹的寫作熱情並未因此而頹喪冷卻，二〇〇九年伊始，她們同時出版「姐妹書」，雖然當年的光輝四射不再、也非昔日風華正茂；但兩姐妹卻是用心血筆墨證明：肯創作，文學就永遠不會死！

白先勇對他的文學不了情，以「傻蜂戀秋花」自況，而趙家姐妹用創作出版護衛文學生命，兩廂如此異曲同調，不由得令人興起「多謝殷勤杜宇啼」的感觸。

（序者為知名作家、紐約華文作家協會會長）

（本文轉載自《世界日報》副刊）

自序

趙淑俠

我和妹妹趙淑敏，同時各出了一本新書，我的叫《忽成歐洲過客》，淑敏的叫《蕭邦旅社》，都是觀人閱世、憶往論情之類的散文集。這兩本書的特點是，除了文章內容不同之外，其他的一切：相片、朋友的兩篇序以及為我們編輯成書的人，完全相同，因此統稱作「姐妹書」。

不知以前是否有人用過「姐妹書」這個名字，但它可是我們自認十分創新的構想。

我們家的姐妹不少，但走上文學路的，只有我們兩人。在字還認不全的童年時代，淑敏就跟著我，一起蹲在書店的桌子底下看「閒書」，不知不覺中便對文學產生了興趣。但成年之後，最初都沒有專注地從事文學工作。

我曾在歐洲做美術設計師，偶爾寫點遊記作為業餘嗜好，到了一九七〇年代才開始專業寫作。淑敏住臺北，「出道」、出書都比我早，但她的真正職業是教授。

那些年裡，姐妹倆一個在西、一個在東，中間隔著千山萬水，有時數年難見一面。巧的是，三十年來兩人對文學創作的興趣絲毫未減，都出過不少書，在文壇上，趙淑俠、趙淑敏，被統稱為「趙氏姐妹」，可說擁有各自的一片天。

八年前，我與淑敏先後移民美國，定居在紐約的法拉盛，這是連我們本人都不曾料到的事。兩棟大廈離得不遠，步行只需六、七分鐘。

對整個大紐約來說，法拉盛也許並不是個很惹人注目的名字，但對華人移民而言，它是知名度最高也最重要的的區域。華文作家大多住在附近，周末常有各類華人會社，舉辦研討、座談、專題演講、新書發表之類的集會，文化生活算是十分豐富。我們姐妹倆常一同出席文化活動。這是自童年以後，我們離得最近的時候。

不知從什麼時候開始，我好像得了一份「寫序」的工作，年輕文友出新書，常喜歡找我寫序，或者當新書發表時，上臺去講幾句介紹的話。所以在一些與書相關的會議場合，多半都能看到我。

看到文友們出新書，我總是熱心又高興，卻忘了自己幾乎已成為出書的「絕緣體」。直到有朋友問：「何時出新書啊？」，才驚覺空擔了個作家的名，確實已經太久沒有拿出新作品了。

其實我曾是個十分勤奮的耕作者。有段時期，幾乎每年都有新書問世，也曾有過一年內連出兩本的記錄。但近十多年來，除了一本少年讀物《人類愛的典範——史懷哲》之外，真說不出，還能拿出些什麼！

總的說來，這些年雖然寫得不多，卻從未停筆，已積攢了一些文稿，只是把出書這件事忘在腦後了。

於是我靜極思動，決心要拿本書出來。而且我想到淑敏也很久沒出書了，不如姐妹同時出版新書，關鍵詞就叫「姐妹書」，既新穎明瞭，又具紀念價值。

我之所以會將這套書交由秀威出版，是由於二〇〇七到捷克參加歐洲華文作家大會時，認識了他們的出版部經理林世玲女士，她的熱情、年輕與能幹感動了我。二〇〇八年我回臺北參加世界華文作家大會，曾至秀威訪問。發現從總經理開始，社內工作人員各個年輕，聽他們談到出版的目標和作業方式，完全的科學化和制度化。我想，把書交給這樣「青春」的出版社，應該是很讓人放心的。

對我個人來說，二〇〇九年，是寫作的冬眠期復甦後的豐收季。除了這本「姐妹書」中的《忽成歐洲過客》之外，我閱讀資料八個月，整整撰寫一年，以清代第一詞家納蘭性德為主題的、二十六萬餘字的傳記性長篇小說《淒情納蘭》，也交由大陸一家著名的出版社出版，而且已有製作人動念，將其拍成連續劇。

非常感謝文壇好友宣樹錚教授和紐約華文作家協會趙俊邁會長，熱心地為我們撰寫如此精彩的序文，也感謝靚秋女士為我們編輯，希望「姐妹書」能得到讀者的欣賞。

CONTENTS 目次

輯一　生活美學・029

輯二

輯三

CONTENTS 目次

輯一

生活美學

忽成歐洲過客

當飛機越過山脈，只覺滿眼一片無垠的白。阿爾卑斯山巨大的身軀上，穿著翻雲滾浪式的大裙子，一個裙角勾起一串坡巒起伏的山峰。漫著冰雪的山尖，像一柄柄銳利的鋼錐插向雲霄，壯麗雄奇間醞釀著令人震撼的虛玄詭祕。眼光被磁石吸引般無法移開。凝目久視，這紅塵混濁的世界已在思維中縹渺遠去，只留下不沾煙火的原始淨美。這塊人類賴以生存的大地，彷彿回到了宇宙洪荒，從沒沾染過任何的罪惡與不潔。

飛機降到低空，俯首下望兒童玩具般大小的汽車，在散開來的淡灰色大網狀的公路上跑著。田畦整齊如刀裁，濃密的樹林成團成叢，好一片不攙渣滓的豪綠！看得我又是悅目又是欣喜，還有幾分訝異，覺得瑞士的農夫像在大自然中繡花，一針一線的，不許出錯，把田種得那麼諧美生姿，讓人看了從心裡舒坦起來，有欣賞好畫的情緒。

八年前忽然蹌蹌踉踉的去了紐約，在那個五光十色的大城裡找到特殊的一角，就安下身來。

離開居住了三十多年的歐洲，逐日拉長距離。一、兩年回來一趟，有腳不著地的飄浮感，看事、觀物、度人的眼光冷靜了許多。依稀已經不是箇中人，只一派優閒的站在門檻外朝裡遙遙觀望了。

花城

春光五月，苞蕊初放，湖邊山腳和鬧市中心的花圃，大大小小的公園裡，一片鮮活生動，春意盈盈。私人庭院更不用說，家家忙著劏土、施肥，將從農人市場買來的花秧種下，期待暮春初夏之交，綻出一片姹紫妍紅。農家牛棚的簷下，擺著一串長盒形狀的花盆，火紅的蝴蝶花躍躍欲飛，頸上掛著叮噹作響的大銅鈴的乳牛，對之視而不見，低著頭，搖搖擺擺的逕自走開了。公共廁所的窗口上也擺了幾盆香氣四溢、叫不出名字的小花。步步有花蹤，處處飄花香。回想往昔，我也曾為花迷戀，穿著一雙不透水的膠靴，刨土下種，在泥土上繪製心中的錦繡繽紛。我知道花會盛開也將凋零，卻扼止不住對她們的愛與欣賞，甚至感激。感謝她們按著季節為人間塗上顏色，爭相競豔地扮演美的訪客。我認真的期望、等待，定期的澆水除草，把心神精力一股腦兒傾投而下，渾然不覺自己的痴。如今看瑞士遍地是花，反倒忍不住暗暗竊笑：瑞士人必是花神的轉世投胎，過日子不能沒有花相伴。

湖水與酒

好友絲艾娃的別墅位於波頓湖畔。其實不能說是湖畔，應說是在湖上。那大院子約佔地一畝，其中一面緊沿湖岸，有自己的碼頭，拾級而下是綠粼粼的湖水，兩米之外繫著一艘電動快艇。

絲艾娃前晚特別叫我們早些去，以免錯過湖上的夕陽。莉蓮和我按時趕到，遺憾的是，天上瀰漫著淡淡的灰色雲霧，亦尋不著丁點兒太陽的踪跡。暮靄蒼蒼中感覺到有份沉重。喜的是，那並不妨礙湖水的美麗。沒有陽光「助陣」的水面，生不出金光鱗影的輝煌，但其展現出的深沉和清幽，卻是最美的豔陽天也描繪不出的。

湖的對岸是德國小村，文學家赫塞青年時代住過的地方。赫塞曾說，他的心中有個「風暴地帶」。風暴來時，如果不跑到湖邊去排遣，就得趕快坐到書桌前，讓一陣陣的狂風暴雨，沖擊出滔滔不絕、如浪如濤的文字，那是文學，也是人間美麗的見證。

隔著遼闊幽冷的湖面，我隱約看見一個瘦長身形的男子，正邁著大步，在無人的堤岸上反覆疾行。他是誰？是死去多年的赫塞回到塵寰，尋找他丟捨不下的詩魂？還是另一個詩魂在排遣胸中的風暴？

三個女人，飯沒吃完倒先把一瓶珍藏四十年的紅葡萄酒喝光。我們快樂的舉杯相碰。我說：「這酒真好，它讓我看到了赫塞。」畫家出身的絲艾娃說：「是嗎？我看到的可是梵谷呢！他怕女人，一下子就把腦袋轉到一邊。」鋼琴家莉蓮則哈哈大笑地說道：「哎喲！貝多芬那兩隻憂憤的大眼睛正瞪著我看呢！」。黑眼珠和藍眼珠裡都盛滿微醺的矇矓，笑呵呵的的再度碰杯，只覺得空氣中飄浮的，又是音樂又是詩。

靜夜

我想不出這世界上有什麼地方，比瑞士小城的夜更靜。那種靜不是一般的安靜，而是一種彷佛不屬於人間的、帶有古墓氣氛的死寂。每次想起那種靜，就使我背脊發涼，彷佛在冷幽幽的水中往下沉，一下子沉到了底，被嵌在巨石的縫隙裡動彈不得。有海草類的植物刮磨著我的臉。我知道它是好意，也許它想為我抹去淚痕。我一向認為植物花草乃至山川萬物，全是有靈性的，它們對塵間的悲喜了解得明亮透剔，因之選擇沉默，不肯參與人類世界的語言和對話。

在滔滔歲月中，我曾長伴那種寂靜，在緲無音息、如深海之底的深宵，只聽見手上的筆劃在紙上的沙沙聲響。鄉愁是水，自四面八方將我包圍，我讓手上的筆說故事。它們變成了字，變成了書，我便那樣度過了許多如在深海之底的靜夜。我過得那麼習慣而自然，幾次都彷彿聽到個聲音對我說：「這是你的命，好好的對待它。」我總相信宇宙之間有個掌管人類命運的東西，他無比尊嚴，往往是不可抗拒。但我仍抗拒了，逃出那要攝取人的靈魂，丟向海底被吞噬的死寂。

過客，無需悲情

現在我住在可能是世界最不安靜的一角。面對大街，終日看見車潮湧動，深宵時刻偶爾還有警車呼嘯而過。在這兒，想要安寧，只能到自己的心裡去找。剛來時曾為此苦惱，但不知從何日起，對周遭的聲色音容都習慣得如見老友，包括經常被人詛咒的喧囂。習慣可以在不知不覺中改變一個人。如今我已自如得說不清這兒是吵雜還是安靜，倒是有時能清晰地聽見心靈深處鐘在行走的聲響。他分明是個負有警世任務的精靈，成月成年的到處亂竄，滴滴答答的邁著大步，隨時提醒人們對他的注意，了解他的語言。我矇矇然已聽懂少許，他似乎在說著「過客」二字。他是過客，而我也是，差別只在他的旅途是永恆，而我的旅途是有時限的。

歸程時安坐在機艙裡，我想著那些尚未盛開的花，想著波頓湖、紅葡萄酒和友情，當然也想到那靜得悚人的深宵。再俯窗外望，那連綿不斷的的青山綠水和田隴、白皚皚的雪峰，仍像許多年前我所見到的一樣。但此刻怎會感到如許的陌生和遙遠？它們讓我清楚的看到：對這住過三十多年、曾經投注過整個青春的地方，我已是個不折不扣的過客。

雖然穩坐，感覺上卻像是在往前行走。初始時這感覺使我憂傷，所幸在瞬息之間就頓悟過來。其實我們從未停過腳步，就連在深夜的酣睡中，也是跟著歲月的年輪，亦步亦趨的往前行走，不曾有過一秒鐘的間歇。在漫漫無垠的宇宙之間，自始至終都扮演著過客的角色，一站一站的鋪陳我們的人生。這是多美又多公平的自然韻律！我想，我應該用欣賞又感謝的心情，接受這份自然之美。縱是過客，亦無須悲情。

愛與生的喜悅

初到紐約時住在曼哈頓，離世貿中心不遠。九一一恐佈事件時親睹雙子星大廈倒塌，人類因仇恨所用的殘酷手段令我無言以對，一種難以形容的悲哀情緒縈迴不去。特別是在靜夜深宵，打開窗子想透透氣，總嗅到一股奇異的焦糊味，我差不多就認定那是屍體火化的味道。

那一陣子過得真不快樂，心頭像有一堆堅冰堵塞著，好多問題令我思索：人與人之間的仇恨真有那麼深嗎？數千個生靈竟在頃刻之間化為灰燼。那些人，誰不是母親懷胎十月生下的寧馨兒，誰不是跟著歲月的腳步，一步步辛勤地走在世路上的人父、人子、人妻、人夫？為什麼他們要遭此浩劫？難道人心真的變成了鐵石，世間的愛真的得了萎縮症，已經退化了嗎？生命的意義怎麼這般蒼白！在鬱結沉悶的日子裡，我接受了家人和朋友的建議，決心搬離曼哈頓，到皇后區的法拉盛去居住。

靠著朋友的幫忙，在社區中心的一幢大廈裡找到一個住處。新居在樓的頂層，視野開闊，尤其在晴朗的黃昏前，那一天深深淺淺的落日餘暉，讓我依稀走進了天體，被迎頭覆蓋的千層、萬層紅色雲霞擁在中間，神馳遠逸，悠然物外。我不得不承認世界仍然美麗。

出乎意料的是，新居給我的喜悅在一夕之間變成了煩惱：一個夜雨後的清晨起來，發現客廳臨窗的地板上盡是水漬，窗臺上更不用說，溼漉漉的全被浸泡。原來新居會漏雨。這情況令我十分苦惱，勢必得另找住處，但又不想離開這幢大廈。經過半年的等待，一位從事房屋仲介的鄰居，帶我去看了三樓的一間公寓。

時節是嚴冬二月，當我走進去的那一刻，立時感到這個屋子比別處更冷，似有寒風吹入。正納悶間，發現客廳窗臺下放冷氣機的位置，擋著一塊木板。我不經意地過去將木板拿開，頓時被眼前的景象震懾住了。

原來冷氣機已被原來的屋主帶走，此刻只是一個通向外面的空的洞穴。洞穴中有隻肥嘟嘟的大鴿子，蹲伏在牠用亂草堆造的窩裡。那鴿子老神在在，篤定的一動也不動，絕沒有因為見到兩個人闖進來，而有想逃走或飛開的意思。我好奇的仔細觀察，發現牠的神情有些緊張，眼光中似有敵視和戒備。我自認看過的鴿子也不少，可就沒見過這樣傲慢懶惰、如此把人不放在眼裡的。那同來的仲介人說：「哎呀！這隻討厭的鴿子怎麼賴在這裡不走？我來趕牠。」她說著就要動手，我連忙攔住她說：「牠說不定受了傷，不然怎麼會蹲著不動呢？」就在這時，牠已經因為受到驚嚇而挪動了一下身體；我清楚的看到，原來在牠的身體下面，有兩枚白中透青、如鵪鶉蛋大小的卵。天哪！原來牠正在坐床生產。牠那帶著兇光的戒備眼神，是母親保護孩子時所流露出的勇敢神情。

我為這情景感動至極，頓時憶起曾養過的一隻名叫奧力的臘腸狗。牠是我的瑞士好友絲艾娃，送給我兒子的十一歲生日禮物。我們初次去看奧力時，牠才剛出生四個星期，一身柔軟的棕褐色毛皮，圓圓的小腦袋，兩隻亮晶晶的、無邪的大眼睛，可愛得能讓人心融化。兒子和小他四歲的妹妹，把牠當作寶貝般的抱在懷裡。但這時，奧力的媽媽竟發狂似地對著眾人狂吠。牠一口氣生下五個兒女，終究避免不了主人將牠們全部出售的命運。最令我驚奇的是，那狗媽媽把牠的孩子們，一個個用嘴叼著後頸，藏在狗屋後的隱密處，牠自己則雄糾糾氣昂昂的守在狗屋前。瞧她那神情，好像誰要再往前進一步，她就會不客氣的撲上去，狠狠的咬上一口。就像那隻母鴿子一樣，我想若有誰敢去侵犯那兩枚鴿子蛋，她可能會用她又尖又硬的嘴，啄瞎那人的眼珠。

我們靜悄悄的退了出去。我驚奇於一個卑微如野鴿子的生命亦是如此莊嚴，需要母親的孕育和溫暖，幫助蛋殼裡的新生命成熟，引領牠們到世間來。在蛋殼裡的小生命還沒出來之前，做母親的已經用全部的生命來愛牠們了。世間萬物的愛與生，竟是如此的自然美好，這是上天用宇宙之心譜出的韻律。代代相傳，前仆後繼，且看古往今來經過多少爭戰殘殺，大地仍然生生不息，世界仍然在前行、進步。我想，沒有什麼事值得我沮喪，欣賞大自然給人間的愛與生的美，體會其中的喜悅，才是我的本分。是那隻鴿媽媽引得我天馬行空，想了這許多。

我訂下了那間公寓，帶裝修公司的人來商量翻新的事，他們想立刻趕走母鴿子，然後來番大清掃，包括將兩枚鴿子蛋丟進垃圾箱裡。「六個星期內保證做完交屋。」那領班的先生說。他的話嚇了我一跳，「不行，要等小鴿子出來才能開工。」我說得斬釘截鐵。他們幾個面面相覷，好像在問：「這個人沒有病吧！」但我心意已決，不受任何影響。想不到的是，就在當天晚上，再下樓去看時，只見一隻禿毛的小乳鴿，正伸著長長的頸子，搖搖晃晃的從蛋殼裡掙扎著往外爬，那做母親的在一旁靜靜的凝視著，表情極為溫柔。這幅愛與生的絕美至情的圖畫，給了我震撼性的感動，我把它當做是對生命的禮讚。沒有相機存影留念當然可惜，事實上，假如那時有相機在手，也不會拍照：可別驚動了那初見塵世之光的小生命。

第二天再去時，另一隻小鴿子也出來了，兩個小傢伙老實的伏在窩裡，看樣子腿爪還太軟，無力站起，只把頸子伸得挺直，仰起腦袋、張著尖嘴，朝空中東咬西咬，發出輕微的嘖嘖聲。牠們的母親不在，想必是給初生的兒女尋覓食物去了。

看那兩隻小鴿子的表情，就知道一定是肚子餓或口渴。但牠們不會走動，我也不敢走近那個窩，怕牠們一驚慌就滾到樓外。最後我端來一碟清水，切了一些全麥的麵包丁，放在離牠們兩碼遠的地上。心想：你們若有能耐，就爬過來吃喝，若沒能耐，就等你們的媽媽來想辦法吧！她不會拋棄你們的。再去看時，果然那鴿媽媽回來了。正大喇喇的又吃又喝，隔一會兒，就銜著一粒麵包去餵那雙嗷嗷待哺的小兒女。有我的物資支援，顯然一家子的生活過得不錯，於是我又滿街去找寵物店，買到專餵鳥類的飼料，連同麵包和水，每日定時供應。

鴿子們生活安定，兩隻小傢伙雖不會飛，已能在地上搖搖擺擺的走來走去，自己吃喝。一家三口都不怕我，我在屋裡時，牠們照樣過自己的日子，看這情形，好像打算永遠住下去了。另一方面，已和我訂下合同的裝修公司，每隔三、五天就來通電話催促：「下星期可以開工了吧？」「恐怕不行。兩隻小鴿子只會走，不會飛，怎能離開？再說外面還太冷，再等等吧！」「唉唉！為了幾隻鴿子……」那好脾氣的老板也無可奈何。我自感壓力無比沉重，因為那老板下了最後通牒，說如果一個月內還不能開工的話，他就要先到費城去給一家公司裝修寫字樓，三、四個月後才能回來為我工作。

漫長的冬季終於過去，軟綿綿的春光四月，窗前的大葉樹已抽新枝，湧出一片耀眼的綠，麻雀在枝頭吱吱喳喳，處處都是春的消息。那天我又到三樓為鴿子一家送食物，一打開門，卻不見鴿媽媽和她兒女的蹤影。原來小乳鴿翅膀已經長硬，可以在天地間自由翱翔了。我連忙打電話告訴裝修公司此事，那老板長嘆一聲，說次日上午八點開始動工。話剛說完，卻見那一家三口已遊倦歸來，母子三個正翹著尾巴飲水呢！

我第一次試著走近牠們。很想撫摸一下那小鴿子錦緞般的羽毛，但不待我觸碰，牠就拍著翅膀，隨著牠母親，一家子全飛走了。第二天早上，裝修公司的第一個動作，就是把那個洞穴裝上鐵欄，防止鴿子們再飛進來。

如今我住在這公寓裡已經兩年，陽臺上也偶爾有鴿子飛來，不知牠們是不是那鴿子一家？有時在市區的空地上，見到成群的鴿子嬉戲，忍不住就多看幾眼，想看看其中可有鴿媽媽和那兩個可愛的鴿寶寶。但牠們都是一身錦緞似的，灰中透粉、攙點銀光的羽毛，尖尖的嘴，跳跳搭搭的活潑姿態，看上去彷彿同一個長相。

牠們的世界，畢竟與人間世界有段距離。

其實我亦無須認出牠們，只要送上我的祝福就好。我也感謝牠們，給了我那麼大的愛與生的喜悅。我想，凡是給過人間喜悅的人和事物，都該受到感謝。

世紀美聲與愛情

二十世紀最偉大的女歌唱家，德國籍的花腔女高音，伊麗莎白．舒瓦茲柯芙（Elisabeth Schwarzkopf），於八月三日在她奧地利的家中，以九十高齡去世，引起愛好音樂藝術的世人一片惋惜慨嘆。但九十歲畢竟已是稀見的高齡。上蒼對於人間的奇才大智，並無特殊優厚的待遇，在生命大限，和人生路是否走得順暢這一點上，從來態度公正。比起上一世紀，唯一能與她相提並論，原籍希臘的「歌劇女神」瑪麗亞．卡拉斯，舒瓦茲柯芙實在算得上是魚與熊掌兼得，事業與家庭都成功的幸運女子。

卡拉斯是聲樂界的女神，用的是義大利派技巧；舒瓦茲柯芙是天后，採取德奧派的唱法。藝術的頂峰如同所有大學問的最高境界，進入哲學、融於天地，臻於至美的化境。這兩位女性大師留給世人的，無疑的是天籟仙音，縱使她們的肉身已遠。然而此般傑出，彷若人中精靈的女性，她們的實際生活又是怎樣呢？她們不終究是人，而且是女人，也得穿衣、吃飯、結婚、生子，過一般女性的生活嗎？

在歐洲的三十餘年，我學了不少以前一知半解，甚至根本不知道的事務，其中一項就是西方古典音樂。在古典音樂的領域裡，聲樂和小提琴曲是我的最愛。在我最崇拜的音樂家中，有卡拉斯和舒瓦茲柯芙的大名。

伊麗莎白．舒瓦茲柯芙一九七九年在瑞士蘇黎士舉行的歌曲演唱會，我曾去聆聽。曲目包括沃夫、舒伯特和莫札特等大師的作品。那時的她已經六十四歲，聲音仍然那麼清揚優美，儀態雍容華貴，無一絲塵俗之氣，令人從心裡肅然起敬。但就在那次的演唱會後的第三天，她的丈夫華爾德．李格，因為心臟病復發驟然去世。舒瓦茲柯芙從這次登臺後就完全退出表演，改為教學授課、培植人材。

華爾德．李格是英國人，是唱片製作業的名人。一九四六年舒瓦茲柯芙應他的邀請到倫敦灌製唱片，優異的成績讓兩人都感到滿意，認為這樣的組合將使舒瓦茲柯芙在樂壇大放異彩。李格更進一步做了舒瓦茲柯芙的經濟人。一九五三年他們在英國舉行婚禮，其時新娘已經三十八歲。據說在這之前，她沒談過戀愛也未交過男友。「我與音樂結了婚」這句話，對舒瓦茲柯芙來說有確切的寫實性。十二、三歲的年紀，她就顯露了在音樂上的絕對興趣，並且在父母有計劃的培植下，一步步的走入音樂的瑰麗殿堂，投入了她全部的人生，哪有空間和時間，像一般女子那樣追尋愛情呢？樂界和媒體方面都有人說過：「舒瓦茲柯芙是李格的搖錢樹，他娶了人也娶了錢。」

其實這話不算公平。至少在他們共同生活的二十三年間，兩人和平相處，丈夫沒有背叛妻子，這就算是很好的結果了。試看歐美表演舞臺上的大明星，和經濟人結為眷屬的有多少？可說是十分典型的婚姻模式，結果卻常常是令人失望又無奈。與她齊名的「歌劇女神」瑪麗亞・卡拉斯，就是個活生生的例子。

提起瑪麗亞・卡拉斯，就算從不接觸古典音樂的人，也聽過她的大名。多年以前，美國總統甘迺迪的遺孀賈桂琳，與希臘船王歐納西斯再婚，舉世關注，成為當時最熱門的媒體新聞和坊間茶餘酒後的閒談資料。沸沸揚揚的背後，唯有一人獨憔悴，那就是瑪麗亞・卡拉斯。她與歐納西斯相戀整整九年，他還為了她與身為航業鉅子愛女的妻子離婚。兩人也曾相約要終生相守，到頭來他卻突然娶了賈桂琳。瑪麗亞・卡拉斯沒有多做批評，只說了一句：「我了解他。他喜歡有名氣、有地位的女人。」便從此退出舞臺，遷居巴黎。不久後就因為心臟病突發，死在她豪華的公寓裡，得年五十四歲。

青年時代我曾對古典歌劇迷戀至極，瘋狂到曾為了看一齣瑪利亞・卡拉斯主演的《蝴蝶夫人》，和幾個朋友從瑞士趕到義大利。等到達米蘭的斯卡拉歌劇院時，方知所有的票早已賣光。幸虧我們當中有位會義大利語的，嘰哩呱啦的跟售票經理交涉。義大利人普遍熱情又感性，知道我們從遠地來，慨允盡力幫忙。問題是他縱有心，也使不上多少力，所有的座位都被訂走，無法變出更多的空位。最後他終於絞盡腦汁，想出一個辦法來：「站票」還可勻出幾個位子。我們聽了大為興奮，慶幸自己沒白跑一趟。

所謂的「站票」，價錢便宜得像是送的，是專門給音樂系學生預備的。在所有座位後面的空地上，做有幾排金屬的欄杆，持站票的人就倚欄而站，雖說兩條腿勞累一些，但可以看到世界上最好的演出。歐洲很多的大音樂廳都有這樣的辦法，為的是給學習者充分的觀摩和欣賞的機會。結果我們在站了三、四個小時之後，又立刻乘夜車返回瑞士。在車行的五個小時中，我興奮得毫無睡意，優美的旋律、女主角感人肺腑的歌聲，仍在我的耳中迴盪不已。我想對自己說聲抱歉，為什麼自許喜歡音樂，對音樂小有心得，卻到今天才知道世界上有如此美妙的聲音！從那一刻起，我才懂得什麼叫絕世天才，什麼叫偉大的聲音。

從一些報導中讀到，卡拉斯自幼便與父母，特別是母親之間有著解不開的死結。也許是在心理上她太缺少父母的愛，便於二十六歲的花樣年華，跟一個比她年長近三十歲，能說善道，又會討女人歡心的義大利人結婚。這個人也就順理成章地做了她的經濟人。而她也就從此墜入萬劫不復的痛苦深淵，完全被這個男人控制，以至常常情緒失控，「壞脾氣」的惡名舉世皆知。當她心緒憂悶時，了解她的歐納西斯最有辦法：他會駕著特製的機動帆船，跟她漂盪在愛琴海上。諷刺的是，在她最需要他的時候，他卻不聲不響的投入了另外一個女人的懷抱。

瑪麗亞・卡拉斯和伊麗莎白・舒瓦茲柯芙，都是上天格外厚愛的女兒，賜予了她們最高的天賦。當她們一展歌喉，便像瑤臺的仙音降臨塵寰，無論是悲是喜，都同樣扣人心弦。瑪麗亞・卡拉斯和舒瓦茲柯芙並稱為「世紀美聲」，兩人都無子女，都說「音樂是我的孩子」。

歌劇舞臺上的大明星，要尋得真愛就如此困難嗎？我想，答案不會是個簡單的「是」字。也許用我們常說的「緣分」來解釋，還更貼切些。我非常欣賞一位名叫麗莎黛莉・卡莎（Lisa della Casa）的女高音。她的名氣、地位，只比舒瓦滋柯芙和卡拉斯稍差一點：她倆是唯一屬於「特流」的女歌唱家。但麗莎絕對是第一流的佼佼者。她在維也納歌劇院、米蘭的斯卡拉、紐約的大都會、倫敦的皇家歌劇院和法國的巴黎歌劇院，都曾長期登臺表演。但歐洲樂壇認為，這世界上的五大歌劇院，只要有一個沒登過臺，都算不上是真正的一流名角。麗莎在紐約大都會登臺二十五周年的時候，院方還特別請她主唱《阿伊達》以示慶祝。至今她已退休三十年，大家仍然記得她的美聲，網絡上仍可查出四十多萬條有關她的資料。

麗莎在歌劇舞臺上大紅大紫三十年，集盛名與富貴於一身，但她也曾有過感情上難以解決的煩惱。她的煩惱不是因為沒有愛情，相反的，是因為擁有太浪漫的真愛。

一九四幾年，二次大戰結束後，年輕的麗莎，在瑞士的蘇黎世歌劇院擔任三流的小配角。那時瑞士收留了一批東歐的流亡青年，清一色是男性，全是二次大戰中被迫參軍的學生，因戰後不願回鄉，瑞士政府便付給可以維持最低生活的救濟金，助他們完成學業。其中有個南斯拉夫的文科學生，那天買了最便宜的入場券，和同學一起去看名角的表演。結果他什麼名角名曲都不見不聞，只直著眼睛看在場上進進出出、唱了小小一段曲子、活動佈景般的麗莎。他對她一見鍾情，夜不成眠，從此節衣縮食，每個周末都買最便宜的站票，站在最後面的「特定區」觀賞。他足足看了兩年，臺上的麗莎卻是完全不知。

兩年裡他做了些偵探工作：知道這個美麗女孩叫麗莎，住處離他不遠，養了一條小哈巴狗，每天清晨一定會在附近的樹林裡溜狗。他靈機一動，也去買了一條小狗，算準時間，也到樹林裡去溜狗。兩隻狗相見，吠個不停，兩個人終於說起話來。接著約好一起溜狗，每天見面。當有天那個高大英俊的南斯拉夫青年，靦腆地向她剖白真實的情形時，麗莎全心震動，並說自己其實已經愛著他了。他們頓時陷入熱戀，一九四七年麗莎不顧一切反對的聲音，與這位尚無職業的大學生結了婚。生活雖不富裕，卻幸福無比，不久後女兒誕生，麗莎去表演時，他就在家做奶爸。

麗莎的才華終於被發現，她越來越紅，搬了新屋還雇了保姆，問題卻也跟著來了。妻子太出名，終年在世界各大城市登臺，各處的合約和支票如雪片飛來，而學文科又不是「正港」瑞士人的丈夫卻賦閒在家。自尊心特強的東歐男子漢大鬧情緒，提起小箱子就要走人。他每說要走，名震世界的歌唱家麗莎就淚眼婆娑，說是沒有他，她活不下去，他若離開，她只有自殺。鬧得天翻地覆之際，好朋友也來相勸：「你為什麼要在乎世俗的觀念？你應該知道自己的地位，你不單是她的丈夫、情人，也是她的知己、兄弟、父親、祕書、保護人，你是她的一切，沒有你的愛，麗莎就失去生存的力量。」

堅貞的愛情終於克服一切。每當麗莎外出表演，全家必定同行，女兒長大後不再跟隨，丈夫則總在後臺照顧一切。也有記者故意問他：「您從事的是什麼職業？」「我學的是新聞。唯一的職業就是愛我太太，讓她幸福。」他彷彿有點自嘲地說著。但麗莎的口氣堅定：「我有今天的成就，首先要謝謝我丈夫。有他的愛和支持，我才有信心往前走。他是個偉大的丈夫。」

麗莎在聲望正隆時宣布退休：「要回到家庭裡去。」她在瑞士的風景區買了一幢古堡，裝修得美侖美奐，夫妻倆就在那裡過著平淡閒適的居家日子，現在兩人都已八十多歲，還在享受人生。一個在歌劇舞臺上閃亮了三十年的大明星，最後有這樣的結局，應該算是太幸福，也太難得了。

遠古的笛聲

中華文化內涵的深厚讓我們激讚又驕傲，至今仍能在依稀間聽到，似隱似現、由洪荒宇宙走向人類文明的、悠揚而清越的天籟純音。

我愛音樂無疆界，從中國的平劇到西方的歌劇，貝多芬、巴哈、莫札特的古典作品，到今天的中外流行歌曲，全能欣賞，當獨坐書桌前或讀或寫，旁邊放著音樂，像是心弦被暖風撥動一般，悠悠然，雜念盡除，自覺是至美的享受。

愛音樂而不會玩樂器，頗引以為憾，對樂器也就很自然的多了幾分注意。曾翻過新格羅夫的《音樂和音樂家大辭典》，當中記載說：中國最早的樂器是大約四千三百多年前的陶壎，笛子則是從中亞傳到中國的，而七聲音階亦由外國傳入。

如果世界上根本沒有音樂，這個人間將是多麼荒蕪、枯燥，我們可怎麼活！所以我並不在意什麼音樂從何傳來。令我欣喜的是，人類生來就有對音樂感悟的本能。江山代有才人出。那些先世的大家，留下許許多多優婉動聽的旋律，讓我們在塵氣瀰漫的日子裡，總有淨化心靈的樂聲，清泉般潺潺流過。

不過雖不在乎音樂從哪兒來，如果一旦發現它原來是自己家中的寶藏，還是不免有種難言的愉悅和感動。譬如我在炎黃二帝的故鄉，看到八千年前製造的七孔笛時就是如此。

這只笛子長約二十公分，用鶴類動物的腿骨，鋸去兩端的關節製成。在笛上可以清楚的看出，在製作過程中，鑽孔前為了計算每個洞孔之間的距離，曾做過一些記號，並經過反覆修改。笛子完成後，在音洞旁鑽小孔，以便於調整個別音域的音差。

過去的學說認為：七聲音階來自外國，中國古樂只有「宮、商、角、徵、羽」五個音階，也就是說只有現在用的「1、2、3、5、6」。但在曾侯乙編鐘發掘後，中國僅有五聲音節的說法被高度懷疑（因為編鐘即是七聲音階）。編鐘屬先秦時期，距今二千二百餘年。一九七九年，考古學家們在浙江省河姆渡文化遺址，發掘出一批六千多年的管樂器，引起音樂史學界的重視，但仍拿不出可將中國古樂「晉級」的證據。

七孔骨笛的出現，使得中國的音樂史大大的朝前挪動。有音樂專家用骨笛試吹，曲子是河北民謠《小白菜》。結果七個音階俱全，發音準確、音質優美。中國音樂史往前跨了一大步，自然是叫我們歡慰的好事。

可是問題又來了：在八千餘年前的新石器時代，根據歷史記載，應屬農業社會成長的原始期，人住在洞穴或土屋裡，鑽木取火，用陶罐烹煮從莽林裡獵來的野獸，男女雜交，生出的孩子只知其母不知其父，連個姓也沒有，當然也沒文字，更不懂縫製衣服。男女都用樹葉和獸皮遮體，暴露的程度和今天明星拍的寫真集不相上下。那年月應屬於人與大自然合而為一的時代，離文明社會尚遙不可及。

這種情況之下，像七孔古笛這樣水準的樂器，是根據何種理論製造的呢？而且，這個笛子也不會是突然的產物，肯定在此之前還有別的類似樂器。那個樂器又是什麼？在何處？歷史、考古，似溢滿薰香芬芳的迷宮，一旦走入便難再出來。

考古學家們告訴我：七孔笛的出土年代是一九八六至八七年之間，出土地點則是在河南省新鄭市轄區內的賈湖附近，一個叫裴李崗村的地方，也就是在後來命名的「裴李崗文化遺址」中發現的。經過嚴密考證，得出的結論是：距今七千五百至八千五百年之久。有人為文稱這笛子為「中華第一笛」，我想，它很可能是天下第一笛，或世界第一笛吧。

歷史和文明離不開墳墓，這七孔骨笛也不例外，是在一些墓葬中撿出的「隨葬物」。墓主是男性，骨骼看來甚是修長均勻，應屬青壯年期。笛子的位置是在死者的左手下方，顯然是預備他興致來了想吹奏時，便垂手可得。無疑地，笛子的主人都是喜愛韻律、天生具有音樂細胞的風雅人物。

很難想像，八千餘年前，在茫茫無垠的中華大地上，那些中國最早的「音樂家」，怎樣手持古笛吹出優美樂音！從七孔古笛可以判斷，那時的社會並非茹毛飲血的野蠻狀態，已開始有文娛生活的需求。

中華文化內涵的深厚讓我們驚豔又驕傲，至今仍能在依稀間聽到，似隱似現、由洪荒宇宙走向人類文明的、悠揚而清越的遠古笛聲。

心靈深處的觸碰

記不清楚是哪一年的冬天，天下大雪，鵝毛大小的雪花，在空中飄舞，漫天漫地一片淨白。我坐在樓上的長窗前，手捧一杯剛沖好的熱咖啡，音響裡放著孟德爾頌（Mendelssohn）的E小調小提琴協奏曲。樂聲悠揚柔美、婉轉清靈，不攙一絲煙火氣，像一道從未受到污染的山間小溪，潺潺的從心上流過，把世俗雜念、人際恩怨，一股腦兒地沖刷乾淨，留下的是怡人的爽悅沁涼和逸遠自在。這個喧噪不息的世界，彷彿從來沒有罪惡和爭鬥，沒有黑暗更沒有殘殺。人與人之間只有互愛與和平。剎那之間，平凡無比的書房，變成了無憂的伊甸園。我慢慢的飲啜著咖啡，悄然神往，不自覺的走近那些大師們高華雋美的世界。

若問我：在這紛擾不息的喧囂世界裡，最愛的是什麼？我會回答：西方古典音樂是箇中的重要選項。慚愧的是，我雖愛音樂，對音樂的所知和欣賞範圍實在有限，經常接觸的，多為聲樂和小提琴曲。這個範圍之外的，如管弦樂、交響樂和鋼琴曲，只怕連一知半解的程度都達不到。既然能觸及的只是音樂領域中的小小一角，我便努力地守住那一角。其實，那一角已是內涵繁複、深如浩海，就算窮盡我一生之力，恐怕也難入殿堂窺察究竟。

在歐洲的那些年裡，我學會了許多紓解情緒、讓自己樂觀和有助於豐富生活的東西。聆聽美麗雋永、優揚悅耳的不朽樂章，曾給過我那麼多的感動，激起那麼多在別處難以尋求的、足以讓心靈震顫的知己之感。我的人生在樂聲中變得充實諧美，雖說美得彷彿有點悵惘。常常是在萬籟默無聲息的深宵，靜靜的聆聽著多年來收集的、喜愛的那些音樂唱片。我深深的體會到，音樂給人的感動和相互交流，純粹是音樂與人之間的私人領會。那就如同你讀一本心愛的書，或信徒在教堂、廟宇間祈禱一樣，是什麼樣的啟示和感動、得到的感動和啟示有多深，只有當事人本身知道。

悠揚的小提琴聲，常流露出一股哀怨，那種哀怨，絕不是產生自世間生活的愛恨情仇。那是一種出塵絕俗，不沾一點人際社會利害的、發自心靈深處的旋律，交會的對象則是無垠的宇宙；是體悟到本身的渺小，而對蒼茫天地與大自然的謙卑與慨嘆。感動裡有著強烈的美的力量，讓人心越發柔軟慈悲。這種感動，觸碰到我心靈深處最細微的神經，帶有宗教性的深刻。雖然我不是任何一個教派的信徒，只是一個憑自身研判的有神論者。

音樂亦是語言，一種發自天籟的語言，不帶一絲塵氣，也許原有些塵氣，硬是被大智慧者用高潔的靈魂洗淨了。那種美得讓人心魂迴盪的樂聲，是天神用和平的調子，對人間古往今來的歷史的白描。我聽著聽著，悠悠然與天地之間沒了籓籬，無屋、無牆、無瓦，佇立在蒼茫人海間，四顧茫然，卻見一隻鴻雁凌空而過，自如地拍著翅膀。於是我流起淚來，對著無垠的宇宙，對著不知飛向何處的鴻雁。

流淚不一定是因為悲傷，幸福、喜悅，被了解後的舒坦和知己感，也會讓人流淚。我流淚，是因為深心裡的感動，那是一種心靈深處的觸碰，是一種超乎世俗利害的深刻對流。

小提琴之外，我更喜歡聽唱，特別是傑出的男女高音，那些歌劇舞臺上熠熠發光的大明星，含蓄又揚越的歌喉，唱出的不僅是歌曲本身，也是人間審美的極致，其中隱藏了無限的磁力，貼緊著人內心中最纖細的感情。當然，一個歌唱藝術家要達到那種境地，從開天闢地數起，也找不出幾位。我最尊崇喜愛的美聲大家是早前的卡魯梭、六十年代全球最出名的男高音馬里奧・莫納哥，和德國的魯道夫・蕭克。

女聲方面，我鍾情的也是高音，最喜愛的當推二十世紀名氣最大的瑪麗亞・卡拉斯和德國的伊麗莎白・舒瓦茲柯芙。她們都是上天格外珍視的兒女，被賜予最高的天賦，讓他們用美聲來點綴這悲喜明暗的塵寰。

欣賞音樂的同時，我也喜歡了解音樂大師們的身世，總想弄明白，那些絕世天才，那些偉大的靈魂，是怎樣走過這腐痕斑剝的人世的。

我讀他們的傳記或簡介，明確地感到做為一個文藝工作者，不管是畫家、音樂家，還是作家，耐得住寂寞是必要的條件。他們往往因同行相輕，或缺乏人事關係，無人相挺而遭受冷落，飽嘗寂寞苦酒，直到死後才被肯定而得名。譬如畫家梵谷，短短三十七歲的生涯裡充滿痛苦和打擊，在他死後三年，他的作品仍進不了正式畫廊，只在布雷達市場（Breda Market）出售，一幅畫僅能賣到五分到十分錢。但是現在這些畫的價值，是以數百萬甚至上千萬美元計算的。再如美國詩人艾倫坡，只活到四十歲，生前受盡折磨，他在文學上的崇高地位，死後才被肯定。音樂領域裡最典型的代表是舒伯特，他二十歲就離開家庭租屋獨居，為的是作曲工作不被打擾；雖然他一張曲譜也沒賣出，更沒有任何一個權威評論家，認為他是一位作曲家。在維也納的嚴寒冬季裡，連買木炭生火取暖的錢都沒有。但他從未想過放棄，在身染肺疾的病痛折磨中，仍不捨畫夜、焚膏繼晷的創作。三十一歲便離開人間的舒伯特，給我們留下多少美麗的遺產！

莫札特可稱得上是空前絕後的奇才，彷彿生來就是音樂之神的化身。五歲時寫下第一個鋼琴小品，八歲作交響樂，十一歲開始創作歌劇，不到十三歲就在協奏曲上大顯身手，儼然是一個生而知之者，完全不符合人類智慧發展的定律。他一生從未停止音樂創作，不單作品數量多，品質也是最高妙的，很早就得享盛名。但他的人生並不幸福順遂，婚姻、健康、經濟，全有問題，不到三十六歲就病故，死後居然連墳墓都無處可尋。

樂聖貝多芬的作品磅礡大氣，他是另一種天才的典型。其實他的生存環境完全不具備造就音樂家的條件，父親酗酒，終日喝得醉醺醺的，母親長年纏綿病榻，他在十幾歲的年紀，就得打零工負擔家庭生計。但他早已覺得自己一身都是音樂細胞，屋角的一架舊風琴，在他的彈奏下樂聲悠揚。一七八七年，十七歲的貝多芬決心用偷偷存下的錢，到音樂之都維也納，去覲見他所崇拜的音樂大師莫札特。

從貝多芬的故鄉波昂到維也納路途不近，在那個交通不發達的年代更算得上遙遠，但他還是去了。到達維也納之後，就逕自去敲莫札特家的大門。時年三十一歲的莫札特正在宴客，看到進來的是個濃眉大眼、頭髮彷彿硬得根根直立的少年，很是訝異，問明來意後才知道是個崇拜者，想得到他的指教。忙碌的莫札特也沒拒絕，就把自己正在創作的歌劇《唐璜・喬凡尼》的樂譜翻開，隨手指定一段，要他彈奏。貝多芬在鋼琴上彈了幾分鐘，莫札特的表情就嚴肅起來。一曲彈畢，便把他帶到隔壁的客廳裡，對眾人說道：「我鄭重的向各位宣告：這位叫貝多芬的小朋友，有天會名震全球。」

莫札特一語中的，貝多芬果然名震全球，在他已死去二百二十餘年的今天，仍是最偉大的名字。

然而就算是最偉大的音樂家，也並非譜出的每個曲譜都是傑作，他們和畫家、作家一樣，常常會感到力不從心，也會不時的出現敗筆，更會因為自認已創出絕佳之作，偏偏無人賞識而痛心。事實上，不管是哪一個領域的創作者，在大量的作品中，只要有一部真正成功的傑作問世，已足以不朽。例如：以作品的總合而論，孟德爾頌應比貝多芬、巴哈和莫札特差了一級，但他的小提琴協奏曲，卻被後世評為「世界三大小提琴作品」之一。（另外兩個則是貝多芬和布拉姆斯的小提琴協奏曲。）

這些音樂大師們的人生經歷，大多是痛苦坎坷、缺乏知音、生活窮困，也有的在情路上飽受創傷。可敬的是，他們對音樂的執著與熱愛，不曾因為現實的打擊而有絲毫冷卻。如今他們的肉身早已在人間消失，卻把永恆的美和感動留給人間，讓美長存，稱得上是燃燒自己、美化人間的偉大靈魂。他們也證明了一樁真理：一個藝術大家的不朽與否，作品創作當時的評論不見得就能成立，後世也許另有公斷，真正的美是不會被時間淹沒的。

男女之間

我總想，在我們所知或所不知的時空裡，有一個主宰。他無影、無形、無聲的支配著這個望不到邊際的宇宙。在日月星辰、山海花樹之外，特別創造了飛禽走獸和人類，一些會行動的生命，將天與地之間的紅塵世界，鼓譟得活潑起來。蒼茫四顧，只有會思想、有智慧和七情六慾的人類，才有被稱作萬物之靈的資格。也正因為人的稟性複雜，遭遇的煩腦和困境也就最多。

芸芸眾生之中包括雌雄兩性，雄性被稱為男、雌性被稱為女，由於這些好男好女的合作，才有當今這樣繁榮、龐大的人類社會，也由於人們運用他們的聰明和雙手，代代相傳地建設這個世界，我們才能享受到今天的精神文明和物質文明的成果，也才有今天的美好生活。這個事實說明著一個必然的現象：世界是在兩性的共同努力下完成的。無論男人或女人如何要強能幹，都不可能單獨締造人類社會，更不可能延續人類生命。男女之間的關係是互補的、合作的，絕不是對立的。

既非對立，許多男女之間的問題似乎就不該發生，但無可諱言地，在過去的整個二十世紀直至今天，仍處處聽到男女之間對立的聲音，諸如男女平等、女性主義、女權主義、女性自覺、婦女解放等等。儘管科技發展日新月異，火箭升空、人可以登上月球，連人都可以複製，一些自古以來的某些男女之間的老故事，卻依然一再重演。

男女之間的矛盾和問題，並非只在單純的平不平等，同樣的學位拿不拿同樣的工資、擔不擔任同樣的官階或職位之類。佛家說得深刻：「眾生念念，不離男女。」世間的一切喜怒哀樂，其實都離不開男女關係、兩性關係，女與男，是宇宙大地之上最根本的生存主因，最自然亦最科學的事實。男離不開女，女也離不開男，我們這些渺小又脆弱的人，終其一生，就在七情六慾的紅塵中沉沉浮浮。

大陸上有個作家叫張賢亮，曾寫過一本小說，叫《男人的一半是女人》，主題是說男女相互需要，乃出於與生俱來的本能。這本書是一九八五年年底出版的，其觀點對當時思想十分封閉的大陸，產生了極度的震撼，認為是在對傳統文化觀念挑戰。但事實上，早在古希臘的神話中就說，雌雄是同體的，後來才被分割成單獨的男性與女性。少了一半的男女，自然感到不足，便在茫茫人海中找尋另外的一半，湊成原來那個完整的自己。由此看出，男女之間應該是和諧而親密的。因此我們就要問，為什麼千百年來，兩性之間總存在著矛盾關係，為什麼總是女性要從壓迫和桎梏中掙扎出來，向男人要求平等，而沒有男性向女性要求平等呢？這平等與否的現象是否存在？是先天造成，還是後天人為？

男女之間的生理、心理和性向的差距，是明顯的事實。一般來說，總是男性陽剛，善於開拓社會關係，生活天地廣闊，而女性陰柔，細膩善感，懷有與生俱來的母性，戀家、愛家，加上傳統觀念對女性的限制，以至幾十個世紀以來，成為入不了社會、走不出家門的封閉族群。這一點，二十世紀最傑出的女哲學家西蒙波娃，在她的鉅著《第二性》中，分析得最為清楚。

西蒙波娃是個思想極端前進的女性，她無視於社會禁忌，以坦誠的態度，探討女性身心的全部隱私，並否定傳統觀念極力美化的「女性角色」的價值。她所說的傳統觀念的女性角色，也就是她所提出的「第二性」的角色，大體上與中國儒家思想中「女子無才便是德」的「女性角色」相同。指出這是男性社會的主觀意識下，對女性的壓制與貶低。她認為女性無論在智慧上或能力上，都不遜於男性。對本身的行動、思想，乃至感情和身體，都有絕對的自主權，不能接受「第二性」的迷信語言。

也許有人會說：西方女性與東方女性的背景不同，適合她們的未必適合我們。但我要說，人種固然有異，人性卻是相同的。當我們回首遙望，就能明顯地看出，地球上任何角落裡的女性，在漫長歷史中走過的成長道路，其實是大同小異，過程十分相近。

中國女性的社會演進史，以及與男性的互動關係，可分為三個階段：第一是母權社會的階段，在人類最早的歷史裡，是沒有婚配制度的，那時只知有母不知有父，因女性具繁殖功能、享有母子間天生的親密關係，便造成女性有較強的人際勢力，受到畏懼和尊敬，很自然的就形成了以女性為主軸的母權社會。母權社會的終結，始自婚姻制度的興起。

直到孔夫子的學說出現，普天之下尊崇儒家，上至公卿下至黎民，都有文明的自覺，懂得了制度、道德、學識修養和人倫秩序的重要。社會文明確實向前邁了一大步。令人驚異的是，女性的地位非但沒有跟著前進，反而明顯倒退。一個好女人必得要三從四德：在家從父、既嫁從夫、夫死從子，終其一生受制於男人，行動、意志、求知，一切的原始人權全被剝奪。女人本身也自認沒有獨立生存的權利，她的生命價值，是隨著她所婚配的男人漲落起伏的。

這之後的一些大儒們也紛紛發表學說。北宋大儒程頤有言：「餓死幸極小，失節事極大。」司馬光在《家範》中說：「忠臣不事二主，貞女不事二夫。」後來還有許多強調婦女要節烈的說法，都被視為是人間社會不朽的真理。做父母的也以這樣的觀念來教育女兒，以至殉節守節或自毀以明志的事層出不窮。

五代時期，有個官員叫夏侯文寧，他女兒的名字叫令。這位夏侯令小姐，奉父母之命嫁給曹大叔，可惜婚後很快就守寡，也沒生兒育女。她十分擔心娘家的人會強迫她改嫁，便拿起剪刀把頭髮剪了，斷髮明志。後來父親把她接回家來，認為她年紀太輕，來日方長，應該重建家庭，為自己找個歸宿。他萬萬沒料到，女兒聽了竟二話不說，用刀把自己的鼻子割掉，表示誓不改嫁的決心。

這是《幼學瓊林》裡的故事，如此殘忍自毀的舉動竟被讚為節烈。但與此同時，一個男人可以姬妾成群，貞節只是女性單方面的事。她們守的不是刻骨銘心的感情，而是禮教強行加諸的，「愚女政策」式的教育和觀念。這個時期，我將它視為中國社會演進史的第二階段，是女權最受壓抑、持續時日最長的一個階段。

第三階段是女性自覺，是女性本身發現處境不合理，提出質疑，要求自我獨立的人格，在社會上和男性同樣展現能力的階段。譬如一八九七年，譚嗣同的妻子李閏、康廣仁的妻子黃謹娛，在上海創辦「中國女學會書塾」，是中國歷史上第一所女子學校。校內的功課只有四門：中文、西文、醫學、女紅。以今天的眼光來看，的確是簡單了些，但在當時可是開風氣之先，嚇得衛道之士瞠目結舌。

辦女校的同時，第一份女報也出現了：康有為的妹妹康同薇主編《女學報》，反對纏足，倡導女子接受教育。這以後便連續有幾位知識女性，掙脫禮教桎梏，投入時代潮流。其中最出名的，當屬一九〇四年到日本留學的秋瑾女士。她在日本參加了同盟會，和男性一樣的獻身革命。有個叫唐群英的女孩子，闖進參議院，要求男女平權。還有個叫鄧春蘭的女學生，上書蔡元培，要求廢除男女分校。不過她們的奮不顧身並沒有產生多少效果，反而惹來譏笑。不單男性將其視為異端，習慣了附庸地位的女性本身也覺得可笑。

女權真正被提出來討論、被重視，是五四運動以後的事。這時許多有新思想的男性知識份子，亦本諸良知，認為女性千百年來遭受禮教的壓迫，是不合理而殘忍的，口誅筆伐的幫助女性爭取人權，加上女性本身的努力，八、九十年來，女性地位逐日改善。到了二十一世紀的今天，女性在受教育、求職、戀愛和婚姻自由，在家庭和社會上的地位，似乎都已經和男性一樣平等，再也沒有因生為女人而產生的問題了。但事實真是如此嗎？答案不會是一個簡單的「是」字。兩性之間，或者女性本身，乃至家庭兒女和其他的人際關係、工作環境等等，都不是簡單的幾句話就可以概括的，其中的確有其複雜性和難解的問題存在。

先說婚姻。男大當婚、女大當嫁，除了極少數的例外，這是人生途程上的必經之路。男女到了相當年齡，都會求偶成婚，建立兩人世界的小家庭。起因應該都是自己的選擇，即使不是完全基於愛情，是因為別的什麼因素，也是出於自願，並非外在力量的迫使。事實上今天的父母已不想，也無力干涉兒女的婚姻。但離婚率為什麼如此地高，而且尚在節節上升？不單是歐美這些先進國家的離婚率高，就連一向社會風氣保守的亞洲，也在迎頭趕上。二十年前還很難接受離婚觀念的中國大陸，離婚現象目前已十分普遍，不僅年輕人離，很多在一起生活了幾十年的老年夫妻也要離。原因出在哪裡？

首先我們要認清一個事實：不離婚不代表婚姻美滿。在民國以前的中國，只有休妻沒有離婚，女子不合丈夫和翁姑的意，或犯了所謂的「七出之條」，做丈夫的可以理直氣壯的休妻，把太太送回娘家，娘家會因此覺得羞愧不已，覺得自己的女兒不爭氣，有損門楣。這個被休掉的女人，更是永遠失去了做人的尊嚴，要面對一切的羞辱和歧視。

為什麼女性的地位如此被動？很明顯的一個原因，是因為女性受教育的機會被剝奪，缺乏求生存的能力，必得依附男性才能生活。如此一來，婚姻成了女性的生活保障，而非單純的、兩廂情願的平等結合。一個情深意重，愛妻子、愛家庭的男人，會因為供養所愛的人的生活而得到感情上的滿足，但對於一個生性刻薄、缺乏男女平等的觀念的男人來說，他會把經濟因素當成權力，以家庭的統治者自居，女人便居於受統治的境地。

在女性和男性同樣有學識，經濟能力亦相當平衡的當今社會，婚姻中感情的比重反而上升。當妻子或丈夫覺察出感情變質，最初的愛情已不存在，或對方有不忠行為，或有其他不能克服的困難時，兩人是否還有繼續相守的必要，就清晰地浮出水面了。

根據前些時候臺灣的離婚調查數字，以三十歲到四十九歲的男女為最多。尤其是四十到四十九歲的女性，佔最大的比例。很明顯的，這是男女互動關係改變後的結果。三十歲以前，戀愛時期的餘溫尚可感覺得到，而到了五十歲以後，生命已經走過大半，所剩下的青春有限，吸引異性的潛力相對減退，更何況夫妻已經相扶持走過幾十年，兒女逐漸長成，對方的缺點也懶得去計較了。更直接的一句話是：雙方都接受這個家是永久的歸宿，都認命了。

為什麼三十歲到四十九歲的男女，離婚率會偏高呢？這是因為戀愛時期的激情不再，生活變得平凡，同時這個年齡的男女也漸入事業高峰。三、四十歲的男性是最具魅力的階段，外面的引誘甚多，使他很自然的產生再造青春的慾望。而這個年齡的女性，事業上的表現不會比男性差，自信滿滿，有不受委屈的傲氣。既然日子如此不順心，為何要勉強的拖著受苦！又不是沒有獨立生存的能力！於是以分手結束。

說到此處，我們彷彿發現了許多男女之間的負面因素，事實上並不盡然。前面提過，男女之間的關係是和諧、互補的，而非對立的。我們也會在人群之中，看到一些幸福美滿的老少男女，在婚姻生活中找到和諧，互信互愛，沒有不可克服的矛盾。我想，這與每個人的性格及生活態度有關。

青年男女相戀的時候，說的都是天長地久，渴望的是長相廝守，本是一幅絕美的圖畫，怎會在發過誓言，心甘情願的將自己交給對方，共組家庭之後，反倒走上離異之路呢？有句諺語：「結婚是戀愛的墳墓。」但其實事情並不見得如此令人悲觀，問題在於：戀愛和婚姻是不能用同樣方式對待的兩件事。

婚姻是實際的生活，是男女個體的共同組合，基礎是彼此的相知、相容、相重，可說是有條件的。戀愛則不然。愛情的產生是雙方非常直接的、精神與肉體的相互吸引所產生的激情。這種激情可使埋藏在人的本性裡的，需要愛與被愛的熱望發揮到淋漓盡致。戀愛是相當理想化、與日常生活有段距離的。正因愛情如此美妙，戀愛中的人才渴望此情不渝，所以走進結婚禮堂。但一結婚便是宣告結束浪漫，讓愛情轉為實際生活的開始。更準確的說，在現時的潮流下，婚姻生活幾近小型的團體生活，雙方必得有所克制及配合。我們尤應認清的是：每個人的人生，都是在不停的學習和妥協中完成的。

時序早已進入二十一世紀，女性還在大聲疾呼男女不平等，還在譴責社會對女人的歧視。她們抗爭的對象是誰呢？是男人嗎？跟女人作對，傷害女人的果真都是男人嗎？如果我們冷靜地想想就會知道，其實女人對待女人，往往比男人對待女人更無情。相信許多女性同胞都有經驗：幾個女人聚在一起，用非常過火的言詞批評的，多半是另外一個女人，特別是這個女人的私生活，與哪個男人如何如何。哪怕是很久以前的事，也可添油加料，做為茶餘飯後消遣的好材料。為什麼她們覺得自己有資格批評呢？主要是認為本身夠貞潔，道德高，行得穩、立得正，可做衛道的法官。她本身的思想，已否定了男女平等。

當下有一種非常普遍的現象，那就是男人有婚外情。怪的是，當妻子發現了，她並不責備自己的丈夫，而只是痛恨另外那個女人，說她「搶」人丈夫。好像她的丈夫是個毫無抵抗力的小孩子，一搶就能被搶走。更怪的是，社會輿論亦能寬容這個不忠的男人，只要他仍表示願意回到家庭，妻子原諒，就算雨過天晴，彷彿什麼事也沒發生過一樣，而對那個可能被騙取感情的女人，卻用些諷刺又不尊重的語言責罵不已。

這是明顯的雙重標準，但這不合邏輯也不合人情的現象，並不全是男人造成的，女人本身要負的責任更大。其實一個真心愛妻子的丈夫，是不會輕易被另一個女人「搶」走的。能被「搶」走的，很可能是夫妻感情中早已有問題潛藏。只一味怪罪另一個女人，是女人本身就不認為可以與男性平等。

那麼，在目前的文化思潮之下，現代女性到底該何去何從？我的看法是，要教育自己跟上時代，在觀念上破除我執，培養思考的能力，不要人云亦云，或被古老思維的大鐵鍊自我綑綁。當然，我們亦不必像許多自詡前進的女性那樣，故意做些驚世駭俗的舉動。人的本能力量是天定的自然規律，女人和男人有同樣的才能和力量，有條件在各方面活出自信。最後還是那句話，兩性不是競爭對手，而是可以彼此了解、和諧互補、相容相愛的伙伴。男離不開女，女也離不開男，兩性共同貢獻心力，才能延續世界的未來。

（本文為在美國北一女中同學會的演講稿）

輯二

心靈感悟

人生兩題

蜘蛛與作家

搬離老屋紫楓園時，我鑽進閣樓裡一個已遺忘多時的角落，去收拾那些蒙灰的閒雜什物時，只見上面有一片塵網，網的正中央，盤據著一隻蠶豆大小的蜘蛛。天窗玻璃上透入的柔和斜陽，投在油亮的軀殼上，泛出含蓄的靄靄金輝，使牠看上去愈發堅硬光燦，宛若一枚真金製造的精緻飾品。

我生來不是動物的朋友，從貓狗到昆蟲，從不敢去觸碰。唯一的例外，是養過一隻叫奧力的小狗，自牠因脊背受傷後腿癱瘓，不得不打安眠針長睡之後，便決心不再養任何寵物。

事實上我對各種動物都有一種本能的懼怕，總覺得摸上去，令人從手到心，產生一種悚然之感。對於像蜘蛛那樣的小蟲子，是絕對不敢去觸碰的。

我縮回了預備整理東西的手，怔怔地望著那隻蜘蛛，考慮如何進行下一步的行動。蜘蛛給我的印象是醜陋、兇惡、毒蟲、骯髒……集諸多缺點於一身，事實上卻從未曾真正地觀察過牠。此刻，閣樓有限的空間裡瀰漫著悶熱的空氣，天窗透進的斜暉是幽暗中唯見的光明，生動的人間萬象似乎離這兒很遠，那隻蠶豆大的蜘蛛和我，是這個小小世界裡僅有的兩個生命，我不由得對牠仔細觀察起來。

牠穩固地伏在網上，八隻纖細有節的長腳，毫無忌憚地伸展出去，姿態是那樣舒坦自得，對周遭的一切全不理會，也沒有因為我的出現，表現出驚畏或想逃的跡象。牠顯然習慣生活在自己的孤獨天地裡，對外界的動靜並無興趣參與。

牠該是隻「她」吧？否則怎麼會有如此美麗的金色軀殼？牠也曾有過青春和盛年吧？那麼長長的一串歲月，就在吐絲織網中度過了嗎？可有怨，可有悔？也許什麼都沒有，因為蜘蛛只是隻屬於低等動物的小蟲子，應該是沒有靈魂和感覺的，而且牠被認為有害，當人們看到牠時，會用各種方法置之於死地。牠似乎兇惡猙獰，實際上脆弱得不堪一擊，只消輕輕的一腳踩去，便是死亡。

我仍定睛望著那隻金色的蜘蛛，和牠盤據著的、自造的層層大網，在陽光的輝映中，網絲泛出淡淡的銀白色，上面黏著幾枚死亡蚊蠅的乾枯屍體。一隻小小的蜘蛛，結出那麼巨大的網，對牠也應算是艱辛的工程。牠那容量有限的軀殼裡，能夠貯存多少織網的原料呢？

「春蠶到死絲方盡」，蠶是擅長織絲的典型。最可貴的是，織出的絲可為人類利用，製出柔軟的絲棉，供給溫暖，或印染出華彩繽紛的衣料，供愛美的仕女縫製衣衫。蠶的外型柔軟無骨，默然吐盡最後一口絲，默然奉獻出卑微的生命，絕不表現絲毫的抗拒與悲苦，牠的性格與身體同樣柔弱，弱得看不出性格。因此牠總是被憐愛、珍惜，甚至常常被歌頌。

相比之下，蜘蛛給人的印象恰恰相反，牠看來鐵骨錚錚、傲岸孤獨，畢生躲在暗暗的角落裡，無休無止地織網。雖然織出的網，亦能消滅幾隻對人體有害的蚊子、蒼蠅之類的小害蟲，為人類做點力所能及的小事，遠離塵世的孤高自珍，使牠為人類所排斥、恐懼，被目為絕不可接近並絕對有害。但牠無視於這一切，仍頑強又頑固的，在最冷僻的角落裡吐絲織網，層層漫漫，無窮無盡，直到死亡。

牠將吐絲織網視為天職嗎？抑或身體裡有股力量，若強按捺住不發洩，怕自己那小小的軀殼會爆裂，才化為柔絲傾吐出來？牠存在的意義是什麼？為何選擇這樣孤絕寂寞的生涯？如果牠能收起冷漠孤傲，化為一隻快樂的彩蝶，飛舞於百花叢中，不是可以活得輕鬆省力許多嗎？牠是不懂？還是不肯？

世間的一切生命，甚至卑微弱小的蟲蟻，都在不倦地尋覓適合自己的生活方式，並為生存不懈地奮鬥。那隻金色的蜘蛛，經年躲在老屋的一角吐絲織網，必然有其獨特的意義吧？不是也常常有人，問那把自己囚在書桌前、筆耕不輟的作家：「一生的大好時光如此寂寞地度過，值得嗎？」作家的回答，必定是婉約中帶點傲氣的笑，意思彷彿是：「你哪知道，寂寞筆耕正是我生存的意義！何況你並不是我，焉知我是否寂寞！」

當我由那隻蜘蛛聯想到作家時，對牠傾畢生之力，躲在屋角默默織網的生涯，似乎有了默契與了解。牠那麼默默無怨地結網，一年年，一層層，把痛苦與快樂，連同青春歲月，一起織了進去，正如作家們一字字地經營他們的文字，無怨無悔，苦樂自知。

我沒有驚動牠便走出了閣樓。

人生沒有真正的失敗

人生是一葉小舟，在長流靜水中悠悠揚帆前行。風和日麗之下，兩岸景物盡入眼底，遠山近樹、裊裊炊煙，似一幅淡淡的水墨畫，帶給人一片悠閒安恬。然而世間塵路漫長，人生之旅永遠這樣無變化的逐波駛去，任何喜愛安穩和平的人也會感到倦怠。最受壓抑的，應是靈魂中那股蠢蠢欲動的、最原始的生命活力和創造張力。

生命之所以為生命，是因為那裡面有與生俱來的創造力、想像力和活動力，可謂人之本能。當一個人的生活過分安定順遂，完全用不著去奮鬥、克服時，這種本能的力量便會逐漸萎縮，日久生厭，反倒百無聊賴起來。成功是可喜的事，但假如事事不需克服就自然的如願完成，勢必永遠站在成功的巔峰，那豈不等於天天吃盛宴中的大菜，能品嘗出多少美食的鮮味！挫折，是大宴中的菜蔬，是靜水中的浪濤，若說能調節人生，倒不如說是人生中的良藥，甚至是良師益友。

挫折不是失敗的代名詞，更不是挫人志氣的沮喪劑，它是考驗人的韌性和耐力的測量器，亦是在人跌倒時鼓動他奮勇再起的能源。如果一個人總是一帆風順、事事成功，極易造成他生存太容易，世間一切任由我取，我即「萬能」的印象。志得意滿、洋洋自大，對人世疾苦視而不見，自負之餘，也愈發自私起來。

一個只嘗過成功滋味、沒嘗過失敗痛苦的人，得意忘形，失去原有的善良和純真，是常犯的毛病。這當口倘若遭逢突然的挫折，正如一記當頭棒喝，看清自己亦看清別人，對許多想當然耳的事，能夠重新衡量，懂得設身處地為人著想，同情與悲憫之心油然而生，說不定比起原來那個不可一世、兩眼朝天的偉大自我，於人於己都變得可親可愛。

挫折本身並不可怕，可怕的是一遇到挫折就先氣餒，自憐自怨、羞惱憤怒、恨東罵西，使得挫折愈演愈烈，最後成了真正的失敗者。

對於挫折，我有足夠的經驗，從少年、青年到中年時代，一次次的挫折如影隨形，比最親密的朋友還要親密，伴著我成長，走過一段段的荊棘路。

生平第一次挫折，是在少年期未滿十八歲時投考大學，因為數學吃了鴨蛋而落第。這個失敗讓我以為天塌地陷、世界沉淪、被命運遺棄，作家夢固然破滅，未來的前途亦如九天煙霧，隨風飄散。最糟的是覺得丟臉：一個被眾人注目的「校園美女」，居然榜上無名，還有什麼面目見人！年幼糊塗的我，甘心做個被擊倒的失敗者，灰心的終極，是放棄性的自暴自棄。從此以後，倒真是一步走錯，滿盤皆錯。當我猛然驚醒，懂得了人生沒有真正的失敗、除非自身願意接受失敗的時候，已受了許多磨難，吃了不少苦頭。

幸虧步入青年期的我，雖然外表看來柔弱，被相識者視為「林黛玉型」，骨子裡卻有強韌的一面。記得初次在絕望裡抬起頭來，決心與挫折應戰，是在一個冬夜。擦去在臉上滾動的淚珠，凝視著窗外透進的月影，我的心一下子明澈起來。「你準備就這樣子倒下去嗎？還是願意拿出勇氣，為自己的命運一戰？」接著我聽到內心深處清楚的回答：「不要倒下去，不要做弱者，勇敢地向命運應戰。」

從那之後，我不再動輒哭泣，不再自嘆命薄，我寫、我畫、我讀，努力地吸取知識，充實自己。二十歲那年，我寫出了第一部長篇小說，二十餘萬字，儘管文筆生澀、內容幼稚，但憑著那個不成熟的作品，我在眾多的競爭者之中考取了電臺的編輯兼播音員的工作，從此開始了職業婦女的生涯。那是我第一次面對挫折後的勝利。雖然只是個開始，卻使我信心倍增，開始一步步創造自己的前程。

後來我畢業於藝術學院，成為一名領有執照的美術設計師，特別是成為一名文字工作者，寫了一些書，被文壇和讀者所接受，圓了作家夢，這才更深刻地洞明了人生是什麼。人生不是坐享其成，不是迷信或僥倖，更不是驕狂自大，而是真正的實踐、行動，面對挫折和打擊，不懼不畏，反能以勇敢的心情迎接，認為那是命運賜予的課題，是考驗恆心與毅力的試金石。

從青春歲月走到夕陽之年，滔滔數十載，我的生命旅程就是一篇挫折史。在「挫折」這位頑固的老友面前，我越來越能處之泰然，不是我有過人的特異智慧，而是因為我太了解它。它是漫漫人生路上的必經之站。只有曾經遭遇挫折的人生，才是經過檢驗的成熟人生。人的潛能無限，只要你不畏艱難險阻、保持自信，就會產生力量去克服一切，走向成功。

人生沒有真正的失敗，我們遇到的只能說是挫折。

如果時光能夠倒流

「如果時光倒流，我將如何如何……」是無數人說過的一句話。聽來如此簡單的詞句裡，包含了多少對人生的企盼、憧憬、期待、惋惜，甚至悔恨，和渴望彌補已回頭無路的遺憾。問題在於時光永遠不會倒流。流過的江水、河水，也許在潮起潮落或氾濫成災時，還能倒灌而回，唯有時光一去永不復返：今天的太陽不是昨天的，此刻的人們也比去年老了一歲。「如果時光倒流」的願望，從根本上就存在著不可克服的悲劇性和虛幻性。

哲學家叔本華說：「曾經存在的情況，現在不再存在，就像從來不曾存在一樣。但現在存在的一切，在下一時刻，就變成曾經存在的過去。」他指出生命存在的虛無，告訴世人，此刻是下一刻的過去，其實我們永遠活在過去裡。

春夢了無痕，走過的漫漫人生路，回首遙望，竟是連煙塵也不得見的空茫。時光靜靜的傲然走過，從未留下足履的痕跡，幸喜人是意念的動物，每往前邁上一步，總會用自己的悲喜繪製一些圖畫。日久天長，點點滴滴，積蓄下來的盡是回憶。色彩繽紛，忽明忽暗，思緒中的場景覆蓋著如夢的輕紗，比眼前的現實更具美感，予人眷戀與懷念。因此，我們明知時光不會倒流，仍按耐不住血液裡的那縷柔情，仍會帶點天真的對自己叨念：「如果時光倒流……。」

被企盼倒轉回頭的那段時光，不一定盡是美滿、幸福、快樂，說不定是十分痛苦的經驗，譬如男女之愛中的創痛，總是牽引著最難忘的真情。情越深，痛亦更深，頑固地徘徊不去。而也許那正是我們不自覺的、渴望重飲的苦酒。難道是患了自虐症嗎？不，這乃是因為那種痛苦裡有無法遺忘的幸福。不管苦與樂，被渴望倒流而回的時光，一定是在那個人的生命歷程中，印象最深切或極具關鍵性地位，能讓他重新塑造自己、糾正人生路線的一刻。

做時光倒流的假設者，多半是有點年紀、人生閱歷較為豐富的人。年輕人不需盼望時光倒流，因為他自知有不盡的未來：未來當然有盡，不過年輕的心，活力鼎盛，看不到盡頭。前面有那麼長的路可走，若曾錯過了什麼，或做過什麼遺憾的事，有的是糾正的機會，往前去越走越好，再造勝於拾舊。

生命的創造力，與年歲和體力有密不可分的關係。坐在公園的長凳上，瞇著眼睛曬太陽的老人，銀髮在夕陽中發著光，嘴角抿著一絲笑意，看上去彷彿不像別人想像的那麼無望。看那張肌肉鬆弛的面孔上，飄浮著一抹不沾煙火的笑，說不定他正自得其樂，沉醉在過往的回憶裡，心想：「假如時光倒流……」。僅是淡淡的、帶點荒謬意味的假設，給他的感動竟如生命再生，逝去的流光如江河之水，似能聽見滔滔濤聲。

人生沒有回頭路，最無情者莫過於光陰。試看古今中外，帝王將相，主宰時代的強人，全被歲月淘汰。蒼茫人海中，小小的個人顯得何其單薄脆弱。但人是弱者，人需要有夢，明知歲月不會回頭，仍忍不住給自己一些虛幻的企盼。我也曾問過自己：假如時光可以倒流，我要找回那段場景嗎？當真正思索、尋找時，竟發現這是不易找到答案的問題。但我衷心企盼哪一段時光能夠倒流，容我重溫舊時的溫馨？又如重新揭開某塊不願觸碰的傷疤，心平氣和的分析：倘若時光倒流，我將如何運用智慧和耐心去處理？我絕對不會像往昔那麼幼稚、衝動，我會謹慎小心地邁出每一步。我會把握住僅有一次的青春，讓人生飽滿而美麗。我一步一腳印，扎扎實實的走著，所作所為皆經過思考，不讓自己留下遺憾。不過話又說回來，如果十八歲的我，為人行事和今天的我同樣成熟、冷靜，那麼這人生也太缺乏色調、太令人感到悲哀了吧。若回到過去，極可能走的仍是同樣的路，最後的結果也許與今天並無分別。我常想，可能上蒼造人時就沒有給人回頭路；人從離開母體、呱呱落地的一瞬起，就已踏上不歸的征途，無論貧富智愚，眾生相同。

人生分為數個階段，每個階段都有其特有的情感和生活基調，以今天的眼光看待昨天的事物，總是虛幻多於實際。人生不能假設，就像歷史不能假設一樣。我曾想，如果時光真能倒流，我願回到不諳世事的懵懂嬰兒期。

我曾注意過嬰兒的眼睛，發現不分種族和膚色，都是那樣清純、無邪、充滿信賴。其中含蘊著人性的天然之美和善良，像未經污染的山潭淨水，清澈見底，不攙一粒渣滓。嬰兒的世界很小，小得只限於母親的懷抱，他不認識那以外的天地，見到陌生人會哭。這一點也不妨礙他生而為人的完整，成長的原野正等待他去奔馳，他會在愛與扶持之中邁開第一步。這時的他，不知人間有怨，有傷痛和悲苦，更不知人有無窮的慾望。他的慾望極為單純，緊靠母親溫暖的胸膛，便是他全部的宇宙。哪怕後來變得邪惡兇殘的人，在這個階段也是同樣的無辜、可愛、純潔，不會傷害任何人。那真是人性之美發揮到極致、令人留戀的年代。

我去世多年的母親，出身貴冑，是外祖最偏憐的么女。自與父親成婚後，即因戰亂顛沛流離，未再回過娘家。她秀美的容顏上永遠掛著憂鬱，只有在抱著她的嬰兒時，才見得到她的眼角眉梢，洋溢著滿盈幸福的燦爛笑容。那一刻，她是滿足又忘我的。

在我的人生經驗中，與母親相同，在抱著我幼小的兒女時，最能感到人生的充實美好。他們信賴的目光，照亮了我的整個世界。我當然留戀那一刻，如果時光能夠倒流，也願回到那一刻。但那一刻，不是我獨自一人所能完成的。他們如今正走在生命的興旺期，前方的道路長遠且明亮，絕對不想回到渾沌的幼兒期。他們不能我卻能，如果生命可以還原，請允許我回到最初，那無意識、無思想，無希望亦無失望，無責任和煩惱的我，除了母親的懷抱，外面的世界是片亮堂堂的空白。那該有多好？何況，我多少可以試試身手，重新塑造自己的人生。

關懷世情

環保與地球

看網上新聞，聯合國的相關機構報告：因全球暖化效應，自然景觀面臨摧毀，情況較過去嚴重得多。若這情況不改善，就可能導致地球上三分之一的物種逐漸滅絕。冰川和冰殼融化，有十億人會遭受用水短缺的威脅，靠近海岸線的地區勢將面臨更多的洪水災害。百分之六十的亞馬遜熱帶雨林，變成半貧瘠的熱帶大草原。從非洲、亞洲的饑荒、動植物絕種到海平面升高，全球暖化正以更快的速度、更深的程度，對大地摧殘著，一直波及到喜馬拉雅山冰川、澳洲大堡礁、加勒比海的玳瑁，甚至亞洲的許多地區。

在這報告出爐之前，全球暖化的情形，已是盡人皆知。並不需要懂得科學和生物學，僅憑個人的感覺，便知我們賴以生存的這塊大地，確然變了許多。今年初我回到住過三十年的瑞士，看報上的消息，說近年來高山上常常缺雪，世界各處來的滑雪遊客銳減。因為氣候太暖，冬季衣物和運動器材賣不出去，銷售量嚴重下滑，令業者苦不堪言。

瑞士是世界上最富有的國家之一，賺錢的本領超強，又是中立國，從來不受世界大局的影響，經濟總是一片欣欣向榮，自然景物也維護得很好。如今竟也受到大環境的影響，產生了危機。這說明著，當地球受的傷害達到極限，便會本能的反撲，受害的是全人類。地球只有一個，供全人類共用，必得人人愛護，否則不單破壞了自身的生活，後世子孫將面臨更多的問題與災難。

大約是二十多年前，曾有重視環保的文藝界人士寫了一本書，名為《我們只有一個地球》，內容不外是警告世人：要愛護自然生態，注意環境污染的問題。因為我們只有一個地球，如果它被損壞得斑斑剝剝，將來受害的是我們的子孫。這種立論，對很多人頗起醍醐灌頂的作用，但當時也有許多人認為太過多慮，把後果說得太過嚴重了。事到如今，大家終於可以看得明白，地球確實只有一個，不加愛護就會越來越糟，後果堪虞。

都市隱憂

露天咖啡座是歐洲的特色之一，也是觀光客最迷戀的浪漫景點。在歐洲時，如果有朋友相邀，我總設法抽出一點空閒，在露天咖啡座見面，因為那情調確實令人喜歡。冬天室外太冷，春、夏、秋三季，就算天氣不暖，也愛坐在那兒，看天、看人、看物，一邊瞎三話四，一邊飲啜一杯熱騰騰的、上好的義大利咖啡，心馳意遠，無限享受。如今我仍熱愛此道，偶爾回歐，依然想重溫舊日情懷，不過只能在暖和天，我怕冷，我的朋友也怕冷，我們都老了。

那天整日晴朗，我特別要求晚上去咖啡座，因為想看瑞士的月亮。記憶中，入夜後空氣清新，萬籟沉靜，晴朗的天空上一輪明月，煞是好看，叫人不能不愛。

幾十張桌子坐滿了人，我們的位子甚好，臨馬路、靠高牆，雖在眾人之中，也能不受干擾的談話。但我看來看去，就是看不到那懷念中的明月。原來，這家咖啡座位在兩幢大樓之間，明月雖正由山後升起，大樓卻阻擋了我們的視線。我說：「這不對呀，以前坐在這兒都看得很好啊！」朋友聽了之後說：「以前有這棟大樓嗎？」這時我才發現，一幢幢如林的高樓平地而起，不僅遮住了人們的視線，也掩蓋了人們尋求大自然的心願，看見的只是頭頂上的一塊天。

現代都市，懷著比賽的心情追求現代化，越蓋越高的樓宇是象徵之一。那些平行的高樓，鐵釘般堅固地矗立在地面上。某城蓋了棟九十九層的大樓，很快就有另外的城市要造超過百層的。一棟棟宛若頑石森林，看上去那麼冷硬孤傲，彼此間永遠不會碰頭。世界在這種追求進步的目標下，倒是日新月異，益發絢麗起來了。但另一方面，自然景觀也正相對的默默消損著。

這便是現代都市的悲哀，在享受現代物質文明的同時，不得不惋惜小橋流水的變質或不復存在。正如許多人既要大量用電、要開車，又要反對建造發電廠和原子爐一樣，相互矛盾。追求物質文明的進步，是我們該做的，然而保存原始的自然風貌，也是我們該做的。怎樣在兩者之間取得平衡，值得我們深思。

當傳統遇上現代

上周末天氣好，風和日麗。新銳女作家張純瑛遠從華府來，和紐約的文友共聚一堂，一同談論文學，題目是「你儂我儂——賞析現代、傳統詩的水乳交融」。

對於喜愛文學的百餘聽眾來說，自然是非常有趣。新詩流行了八、九十年，但至今仍有很多人不能接受，說把一段散文切割得支離破碎就是新詩。而愛好新詩的人則說：傳統詩講韻律又講平仄，那麼呆板的東西，和今天的現實生活根本不搭調。

主講人張純瑛聲言：在楊牧、洛夫、余光中、席慕蓉的現代詩中可嗅到古風，而傳統詩中早有現代的影子，如李商隱的〈錦瑟〉和〈無題〉。她認為，傳統與現代之間，其實並沒有那麼明顯的分別，而是互容互納，你中有我，我中有你，你儂我儂的情況。

講畢，聽眾開始發問，各抒己見、自由發揮，會場內氣氛熱烈。我的看法是：現代為潮流，傳統乃源頭，現代自傳統演變而來。沒有源頭，江河從何而生？傳統亦非一灘死水，正因為是活的，才能源遠流長，隨著歲月成長，在時間的大河裡，蔚為風氣、化為潮流，成就了不同時代的文風。傳統與現代之間，如同陽光和空氣，無法切割得那麼清楚。但有人說，傳統詩詞講究韻律平仄，有嚴格規定，非與現代詩清楚分割不可，並舉林肯中心的音樂廳為例，說那兒只容傳統的古典音樂表演，從不許現代音樂演出。言下之意是，可見傳統的才是正統。

林肯中心是否絕對不容許現代音樂演出，我不敢斷定，但可以肯定的是，凡是在那兒表演的古典音樂，必定是最好的，總不外乎貝多芬、巴哈、莫札特等大師的創作，絕不會只因為屬於古典範疇，就採用一個並不傑出的作品。所以，詩也好，音樂也好，傳統與現代並不是最重要的，重要的是要具備藝術水準。「真的好」，才是最重要的條件。

文學女人的情關

三毛到底為什麼輕生，一直是人們討論的熱門話題。依一般標準來看，三毛享有蓋世盛名，有千千萬萬崇拜她的讀者、有不愁衣食的生活、有可以談心的朋友，外型雖不能稱作美人胚子，卻也風姿綽約，四十幾歲的年紀，完全不見老態，年輕人的活潑、帥氣自然流露，稱得上是要啥有啥，很多人若得到其中的某一項，也許就已心滿意足，而她這個樣樣都有的人，竟會走上絕路？當然，她對荷西的刻骨相思，是每個看過她作品的人都知道的，但荷西並非世界上唯一的男人。「以三毛的條件，找個比荷西強的對象容易得很，何必執著不放？」這類的話，我已聽過數次。於是，到處聽到人問：為什麼？為什麼？

三毛靜悄悄地走了，留下這樣一個謎團。最令眾人感到費解的是，她一直熱心的關懷社會大眾，特別是對青少年的誠懇；她告訴他們做人的智慧、安慰他們成長期間敏感的心靈、教他們怎樣愛生活和面對挫折，而她的付出也得到了同等的回報，她的讀者愛她、敬她，青少年們奉她為偶像，她的生活看來內容充實、多彩多姿。一個懷著救世胸襟的著名作家，怎麼反而救不了自己？難怪大家要問「為什麼」？

我與三毛只見過一面，那年回臺，返歐的前兩天，文友陳憲仁請吃飯，三毛特別趕來相識。一頓飯下來，她什麼也沒吃，只是抽煙和談話。兩人雖屬初見，卻像老朋友那般投機，並約好次年她去西班牙給荷西上墳時，在瑞士相見。三毛的作品我也讀過一些，得來的印象是：她是一個真正的文學女人。

文學女人是我自創的名詞，指的是內心細緻敏銳，感情和幻想都特別豐富，格外多愁善感，刻意出塵拔俗，因為沉浸於文學創作太深，以致把日常生活與小說情節融為一片，夢與現實真假不分的女性作家，多半是才華出眾的才女。

這類文學女人，在中國文壇上能舉出幾個，最典型的例子，遠一點的是《呼蘭河傳》的作者蕭紅，近一點的是已逝世四十年，《拾鄉》的作者吉錚，眼前的就是三毛。

蕭紅在她短短的三十一年生涯裡，一直翻滾於愛情的苦海，在她生存的那個封閉時代，像她那樣追求真愛的女性可說是鳳毛麟角，就算有那份企盼，也無勇氣行動。但蕭紅不同，她勇往直前，不顧訕笑與批評，堅持找尋她所要的。在死前的病榻上，因結核菌已侵入咽喉，不能發聲，她卻還用筆把情話寫在紙上，跟駱賓基大談戀愛呢！愛與被愛的熱望，至死都不讓它冷卻。標準的文學女人。

那年初夏，突然收到吉錚從美國來信，說將同於梨華遊歐洲，想到瑞士來看我。梨華是我的同學，闊別多年，要見個面是常情，但吉錚與我並不熟，總共只見過兩次；她曾是我昔日低班同學小劉的女友。

吉錚當時還在讀高中，白襯衫、黑裙子，剪短髮，尖嘴利舌，出語狂妄，那時雖然我本人也極為年輕，竟已認為她少不更事，對她印象不怎麼好。後來聽說她大一念完就出國了，小劉還為此鬧了一陣情緒。她專程要來拜訪我，信寫得誠懇，懷舊之情躍然紙上，我當然是歡歡喜喜的張開雙臂歡迎。

兩人依約而來，昔日青澀的女孩已長成成熟的婦人。吉錚穿一身綠色旗袍，頭髮挽在腦後，眼角眉梢間有掩不住的輕愁。只在見面的短短時間內，我便發現她幾乎已是另一個人。她溫柔厚重、態度坦誠，使我無法不喜歡她。她們只待了兩天，話舊與回憶是談話主題。我一點也不懷疑吉錚來拜訪我的美意，但亦更清楚地看出，她此行一個非常重要的目的，就是尋找少女時代初戀的舊夢。她想知道小劉的近況，更想說他的事，我曾是小劉的老友，親眼目睹他們相戀，能陪她回憶，也能聽她傾訴，而這些我也確實都做了。在談話中，我發現她對那段過去的戀情刻骨銘心，將那位不見得是白馬王子型的劉先生美化得有如千古情聖。說到小劉時，她目光淒迷，表情像極了熱戀中的少女。當時我不禁有些擔憂，覺得她已深深陷入自掘的陷阱裡。

吉錚回美後跟我通過幾封信，我告訴她：一個人如果永遠活在夢裡，是很苦的事。她回信說，不想做個「夢中人」，且已漸漸醒來。我也知道，她終於見到了小劉，結果似乎不如想像中美好，多少有點幻想破滅的空虛感。原以為她可以從此正視現實，沒想到她仍參不透情關、逃不過情劫，拋下愛她的人和這柳媚花嬌的世界，絕塵而去。

早就想把這段往事寫出來，但因顧及吉錚親屬們的處境，猶疑著不肯動筆。如今吉錚墓木已拱，她的親人們應已能坦然相對。再說吉錚這個短暫而明亮、如彗星般劃過文學天空的作家，她生命中的一點一滴，對文壇和讀者而言，都是珍貴的史料，總不該永遠被埋沒吧！

當三毛的死訊傳開時，一個朋友感慨係之地說：「她幾近五十的年歲，還這樣不切實際，太奇怪了。」

為此，我跟她足足聊了一個鐘頭的電話。我說我絕不贊成三毛自殺，但我們不能以世俗標準來判斷像她這樣的一個人。她本來就是不切實際的，正因她不受實際世情的影響，才能在這個年紀仍保持赤子之心，為人一派天真、傻氣，做出些與當今世情極不配合的事情來。如果她實際些，以她的客觀條件，自可創造出一個一般人認為幸福的環境。但是她沒有。不是不肯，而是不能。那在別人眼裡看來無甚稀罕的荷西，在她心裡卻是接近神性的永生戀人，所以她在給友人的信上說：「我的愛情太完美。」這樣完美的愛情如金石般嵌入靈魂，一般的愛情就顯得太平凡、太寒磣，激不起她的熱情，使她不能投入。

讀者大眾對三毛的崇拜與敬愛，使她感到榮耀、溫暖、可貴，但那只能使她獲得一時的滿足。對於一個像她那樣的文學女人來說，愛情永遠佔在生命的第一位，只有純真的愛情才能填滿她空虛寂寞的心。三毛的至友說，她「可能喪失愛與被愛的活力而放棄生命」。我認為是最中肯的解釋。

文學女人闖不過情關的例子不只出現在東方文壇，西方文藝圈裡照樣有。我一位相知的文友，這兒姑且給她取個化名叫海蒂吧！海蒂寫詩也寫小說，才華橫溢，讀者萬千，在德語文壇是廣受歡迎的名作家，丈夫又是極有社會地位的實業鉅子。他們的兩個女兒生得聰明可愛，家庭生活安定富裕，可謂人間的幸福條件樣樣不缺。海蒂棕色深眸，琥珀色的秀髮，身材婀娜，青年時代是著名的美女，如今近五十尚存風韻，每當一年一度開聚餐晚會，她盛裝出席時，仍是眾所矚目的焦點。

海蒂說話輕聲細語，眼角眉梢總歛著隱約的笑意，細緻得不像是個西方女子。我們每個月都會見面，無話不談，彼此之間沒有祕密。有次就初戀的題目聊了起來，她說曾愛過一個自義大利來瑞士念書、名叫法蘭克的大學生，兩人好得海誓山盟，無奈被她做銀行家的父親強行拆散，那個男生在悲痛之餘，坐上大船去航海，從此音訊杳杳。「他是我的初戀，也是我永遠的戀人。」海蒂說這句話的時候，目光清澈如水，像個為情痴迷的小姑娘，我聽得大大吃驚：「他是你永遠的戀人，那麼你丈夫呢？」「哦！他們怎麼能一起比較呢？一個是純情之戀，一個則是世俗的婚姻。更何況在我丈夫的天秤上，他的事業比我重要。」海蒂點上一支煙，悵悵然地吐著雲霧。

那天與海蒂相約在蘇黎世湖畔的咖啡館見面。我先到，等了片刻，才見她姍姍來遲。第一眼我就看出她清瘦了一圈，臉上的表情也比往常複雜，果然，不待我問，她就先開口了：「蘇茜，怎麼辦？他回來了。」「誰回來了？」我聽得丈二金剛摸不著頭腦。「法蘭克回來了。那時他去航海，後來在南美定居。」海蒂一邊飲啜咖啡，一邊娓娓敘述：「法蘭克在南美做珠寶生意，結過兩次婚，目前是生意與婚姻都不算成功，那邊局勢又不穩，就回故鄉羅馬了。他回來就打聽我，在一個朋友處問到我的住址，我們已通過電話。」她清秀的臉上飄過一抹微笑。

「你們要見面？」「唔，很難哪！」海蒂有點煩惱的蹙起眉峰。「是啊！以你目前的情形，名作家、名實業家的夫人……」「不，你錯了，難不在我是誰或他是誰的問題。他是我這一生真正愛過的男人，就算他今天是個乞丐，我也不會逃避。我怕的是，相隔三十年，假如見面後發現對方已不是原來的那個人，將多年來的朝思暮想毀於一旦，可怎麼辦？那該多空虛呢！」海蒂認真地說，眼眶裡居然淚光泫泫。

西方社會裡的男女關係，講求敢愛敢恨，自由得幾可達到隨心所欲的程度，竟也有這樣唯心、唯美的痴情女子。怎麼解釋呢？只能說文學女人就是文學女人，不管東方、西方或什麼人種，都是多情、浪漫，富於幻想而脫離現實的。

得過諾貝爾文學獎的瑞士作家赫塞（Hesse）曾說，他的內心是「風暴地帶」。其實，很多從事文學、藝術、音樂創作的人內心都有「風暴」，創作的靈感往往就靠風暴來鼓動。至於文學女人就更不用說，不僅心裡的風暴比常人兇猛，感情和幻想力的豐富更是無人能及，對她們來說，愛情永遠是生命中最重要的東西。盛名帶來的榮耀、群眾熱烈的掌聲，都不能代替愛人的款款深情。她們要愛和被愛，而且標準定得特高，那愛情必得是不朽又偉大的。可嘆的是人海滔滔，能夠永遠不變的人際關係並不很多，包括愛情在內。

文學女人之所以常常以為自己擁有不朽之愛，多半是在特定的時空內，譬如戀愛的對象突然死亡，或在相愛的高潮期黯然分手。情況本已令人斷腸，文學女人再用豐富的感情之筆著些色彩，這個在她生活中隱遁了的他，便成了永恆、不朽、完美得無人能比的典型，使後來者很難超越，自然也就失去了許多愛與被愛的機會，心靈怎會不空虛？

有言曰：女人是為愛情而生的。假如普通女人是為愛情而生，那麼文學女人的生命就是愛情本身，正因她們有那麼熾熱真純的愛，才能創造出那些雋美的文學。文學女人的脫離實際，常會給人一種造作的印象，以三毛為例，她雖擁有龐大的讀者群，卻也不乏人認為她是有意的故作多情。現在三毛死了，大家終究看出，她的確是一個用生命寫書的痴情女子。文學女人超越凡俗，重靈性、輕物質，不同於一般芸芸眾生之處也就在此。這樣純潔天真的人，在這個滾滾紅塵的世界裡生存，自是苦澀、失望、焦慮的，加之她們總不放棄愛與被愛，便有重重情關要闖，闖得過的愈形智慧、成熟，寫出更動人的作品，闖不過的就如吉錚和三毛一般，走上自毀之路。

三毛留下不少嘔心瀝血之作，吉錚走得太早，留下的作品不多，但不論作品多寡，作者的耀目才華已如明月破雲而出，光輝四射，照亮文壇。可嘆的是，她們跳不出自掘的陷井、逃不過磨練韌性的情關，否則當可有更輝煌的成就。說來令人惋惜，但誰叫她們是文學女人呢？

富於幻想的文學女人們，常犯「假做真時真亦假，無為有時有還無」的毛病，待她們認定愛與被愛的對象時，又會毫無保留的「春蠶到死絲方盡，蠟炬成灰淚始乾」。於是，文學女人闖不過情關的悲劇就這樣發生了。

尋求健康快樂的人生

月前收到一封讀者來信，寫信人是位中年女子，她感嘆上天對待不公，感情、事業、周遭的人際關係，各方面都不理想。字裡行間，調子低沉，幽怨惡劣的心情流露無遺。最糟的是，她的健康情形也欠佳，動輒胃痛、胸悶、失眠，找過醫生診治，不得要領。醫生說她並無病象，一切正常。但真實的情形是，她已焦慮得身心難安，情緒經常陷於低潮，時而愁鬱時而憂憤，往往不能自持。最令她傷感又不服氣的是，自認本身條件也不比誰差，為何活得如此窩囊？她的信文情並茂，娟秀的字跡寫了滿滿的兩張紙，看得出是個才思不俗的女子。最後她強調，她渴望擁有健康快樂的生活，但就是辦不到。她懷疑自己已患了憂鬱症。「為什麼別人活得那麼好，我卻不能？請告訴我，我到底做錯了什麼？還有資格追求健康快樂的生活嗎？」她如此問道。

寫文章的人並非什麼都知道，說不定對世間的許多人情世故、應對進退，比一般人更不如。但當一個從不相識的讀者，只因讀過作品便投以信賴，把心底最深沉、最隱密的痛苦傾訴出來，希望我能為她指點迷津，助她走出困境時，怎忍心對她不理不睬？於是，她的苦惱立刻變成了我的問題。我開始認真的思索：自古以來，人海紅塵裡的痛苦宛若滔滔流水，一代接著一代，從未斷過。難道生而為人，真有受苦的原罪嗎？想擁有健康快樂的生活，真是那麼困難嗎？要獲得健康快樂，可有方法或祕訣？什麼樣的人容易得到？什麼樣的人正好相反？甚至永遠得不到？這個問題該怎樣看待、如何克服？

什麼樣的生活才算得上是健康快樂，可有一定的標準？從字面上來看，健康指的是身體，偏於生理範疇，快樂乃精神感受，屬心理活動。事實上，兩者很難界定清楚。那情形就好比某個人用耳朵聽了蕩氣迴腸的音樂，或用眼睛看了一幅好畫，滿心舒暢、激賞不已，或用嘴巴吃了一頓美味的菜肴，頗得享受之樂，因之心情也佳。耳朵、眼睛、口腹，皆屬生理，卻同時擔任傳遞情緒的管道。這時就可看出，生理與心理的界線近得看不見，是緊密牽連、互相影響的。身體不健康的人，容易因生理上的苦痛造成精神上的不快樂，而常鬧情緒的人，會使身體在天長日久的侵蝕中受傷，要健康也不容易。所以說，健康與快樂互為因果，兩者是無法分離的。

不論這是個什麼樣的世界，人間是否充滿悲苦，我們的人生目標，總是要尋找幸福快樂，而不是追求沮喪哀傷。在我們周遭相識和不相識的人中，也許在社會上任何一個領域、任何一個角落裡，確然有很多不快樂的人。那些人辛勤的為生存努力，內心裡卻鬱悶沉重，藏著許多有影無形的問題。我們當然不知道那些問題的內容，甚至連他們的不快樂都看不出來。每個人的感覺只依附在他個人的心靈和軀體上，外人無從捕捉。我們能斷定的只有一點，那就是：他追求的是快樂而不是不快樂；沒有人刻意去追求不快樂。

既然人人嚮往快樂，為何世間還有那麼多不快樂的人呢？難道快樂真是那麼可望而不可及、虛無縹緲的嗎？到底要怎麼做，才能獲得快樂又健康的人生呢？

性格決定命運、命運決定人生的說法不無道理。一個人如果克服不了自己性格上的缺點，便易於失去快樂生活的條件。古人說：「除山中之賊易，除心中之賊難。」可謂對人性有透徹的了解。人性中有許多最常見，也最難改正的，譬如自大、自憐、自私、頑固、貪婪、忌妒等等，在芸芸眾生中隨時可見的毛病，當然這其中也可能包括我們本身。

誠實、虛心的人敢於反省並謀求糾正，剛愎而無自知之明的人，看不出或懦於承認自己的弱點，便會造成本身及他人的不快樂，更會影響他本身及相關人們的命運。古往今來發生過的許多事，讓千千萬萬人吃苦受難，皆起因於當時的掌權者，在個性裡有無法克服的黑暗面。

追求健康快樂的人生，當然不像說一句話那麼容易，相反的，那是需要對自身的各方面理解、認知、習慣，要做許許多多工作的事。肉體上的不健康比心理的不健康易於醫治，找醫生徹底檢查，對症下藥就是。心理不健康可就難了，因為那主要得靠自己。如果說擋在面前的是一座大山，也得靠自己的力量爬過。別人哪怕為你貢獻一百種拋棄煩惱的理由，若你不能自我改變，也是枉然。舉凡內心不平衡，容易憂鬱，常懷疑、動怒的人，都認為自己有不快樂的理由。事實上如果硬要找，可能每個人都能多多少少，找出一堆不快樂的理由。只因我們不想尋找煩惱，更不想無端的讓自己受苦，才避免去鑽那個牛角尖。然而不管不快樂的原因是為了什麼，都要設法校正，讓自己快樂起來。快樂是我們的權利，能否快樂，也是人生的一種考驗。

人的一生隨時隨地都身處考驗之中，走過漫漫人生路，在各方各面，都要迎接不期而遇的挑戰。能否越過重重關口，正是證明一個人的耐力和韌性的時候。我們也曾聽過相熟的人，怎樣用驕傲的口氣，強調他的個性裡有堅如鋼鐵的倔強。其實強硬並不是那麼值得堅持的美德，天地間的萬物生息，總是在協調和諧中才能成長，進而綿綿不息。倘若外界的環境不能配合你，你便要讓自己去適應它。適者生存，乃是千古不變的道理。

當一個人陷入低沉的情緒裡，他便無異將自己禁錮在一枚不通風的繭裡，看不見星辰日月和青山綠水，非但眼前一片漆黑，也難感受到人與人之間的溫馨和友善。孤絕與抑鬱會乘虛而入，越發磨蝕那顆易於受傷的心，壓得他在不快樂的海洋裡越沉越深。要做一個快樂的人，首先就要咬破這禁錮我們的繭，將心靈和思想解放出來。要咬破厚厚的繭壁，需要力量。什麼是力量？是我們對人生的認知、抵抗苦難的韌性，和對自身的掌握能力。首先我們要承認並接受，我們所置身的這個世界並不完美，缺點處處，而各人各性，天下不如人意的事十之八九。一切的挫折、打擊、失敗、不和諧、無常都可能發生，都是自然現象。當把外界景觀看得如此清楚，能以豁達之心面對時，不快樂對我們就沒有殺傷力，也許反而變成正面的砥礪，促使我們的心扉開闊，勇於檢討、反省、改正，收到正面的效果。

有能力檢討、反省，進而找到健康生活態度的人，會在實踐中逐漸產生智慧，也會破繭而出，得到快樂。那遮住我們視線和智慧的黑繭是什麼造成的？是一些人性中常犯而難根除，大多數的人硬著頭皮也不願承認的毛病。譬如忌妒、自憐、自大、悔怨、狹窄、慾望無窮等等。這些個性中的壞因子，像烏雲一般遮住我們心靈中的優美和光明。除掉這些障礙，生命才會產生希望、誠懇與熱情，快樂的種子才有沃土滋生。

佛家有句字面簡單卻富含深意的話：「日日是好日。」每天都是開心的好日子，該是什麼境界，做得到嗎？試想有那麼一個人，每天清晨醒來，睜開眼睛，正好面迎自窗簾瀉進屋裡的晨光，頓覺世界如此美好，而為此深深感動；感動於自己是這美麗世界上一個活生生的存在，是億萬生命中的一員。在這廣闊的人間大地上，有他的一席之地。他可以想、可以做、可以追尋、可以計劃，當然也可以隨遇而安的什麼都不做。人生已握在自己的手上，是何等幸運啊！於是他就計劃起來，想著如何把今天過得快樂美好。今天這樣美好，明天只有更好。也許他情不自禁的回憶起一些事，但他要挑可愛溫馨、能喚起內心幸福感覺的美事去回憶，不會笨得像許多蠢人那樣，把痛苦的帳本永遠存在記憶的保險箱裡，隔段日子就拿出來翻上一遍，老帳、新帳算不清，無非再給自己一次折磨。反反覆覆且永不罷休，活生生的把原可快樂的人生扼殺。他這一生也就只好在嗟嘆、悲情、怨怨中度過，何等的愚笨啊！聰明智慧的人當然不會這麼做，他要每天都過得適合自己的口味，光陰不虛度、歲月不留白，好好把握這有限又難得的一生，早把痛苦的老帳丟的丟、忘的忘，能原諒的就原諒了。

快樂的標準可能每個人不同，但結果是一樣的，都是想過得隨心如意、平安無愁，讓自己幸福。

世間很多事並不是那麼難獲得，主要看你是否真正的投入。快樂的因子不見得從天而降，但只要我們誠懇的尋求，自然會有成果。假如看得更明白些，知道已身不由己的立足人間，不管快樂、抑鬱或悲傷，反正都要走過這漫漫的幾十年，前後皆無退路，不變的現實是：非得活下去不可。情況既已清楚的攤在眼前，反正就是個活字。而世界如此美麗，處處皆是桃花源，生活裡又有豐富的可塑性和創造性，為什麼不多用點功夫，讓自己過得健康快樂呢？這麼一衡量，也許你、我、他，就越發把追求快樂健康的生活當回大事，修身煉性的行動起來了。

隨感四題

模範母親

每年的母親節，坊間便忙著選舉模範母親。聲浪高調，各方忙著提名，要選出足以作為眾人表率的、十全十美的標準媽媽。

數年之前，也曾有人問過我：是否願意當一次遴選模範母親的評審委員？我以有其他安排而婉拒了。事實上，所謂的「安排」是推辭，真正的理由是我不知怎麼選，標準在哪裡，什麼樣的母親可作為模範？總之，對我來說，不知由何選起，也不知為什麼要這麼做。

一個母親對她孩子的所作所為，全是由內而外，愛的延伸和行為，而母愛，是人類的情感中最自然、原始，也最持久不變的。其實不僅人類，動物也一樣有母愛，連兇猛的老虎也「虎毒不食子」呢！更何況是萬物之靈的人。母愛是上蒼賜給世間最美好的禮物。人與人之間一切的愛都需要條件，都有變化的可能，唯有父母之愛，既無條件亦永不會變，且兩者之間，母愛猶勝於父愛。當然也有血液裡沒有多少母愛的女人，但究竟屬於例外中的例外。母愛是人性中最深刻、高貴的感情，其悠遠與偉大不容否認。在社會人心和觀念價值越來越趨向物化和市場化的今天，更彌足珍貴。

一個母親給她的孩子的愛有多深、在她孩子的心裡是什麼感受、對她兒女的人生有什麼樣的影響，完全屬於親子之情和家庭生活，是最私密的個人感覺和事態，箇中況味如何，第三者怎能知道？由一些不相干的人，僅憑著外觀表象或現實價值來評斷一個母親，是荒謬而可笑的。尤其不該的是，還要像競賽似的比一比，這個母親足以作模範，那個母親略遜一籌。請問，誰有資格說這個話呢？

記得有次在報上讀到，一位模範母親當選的理由之一是：她把四個兒女都培養成了博士。博士的母親就是模範嗎？是否太現實了呢？在當今這個以功利得失論成敗的社會上，母愛可以說是人間最後一塊未被污染的愛的淨土，是無法比高下的。

我看鑽石

記得很多年前，一位好萊塢的豔星訪問臺灣，記者指著她手上的大鑽戒問：「您喜歡鑽石？」豔星回答：「沒有女人不喜歡鑽石。」我直接的反應是，她說得不對，因為我就不喜歡鑽石。

我不喜歡鑽石，不是因為鑽石不美，其實我當時只看過一枚鑽戒，那是母親從娘家帶來的嫁妝，黃金框子鑲著一粒亮晶晶的鑽石，非常美麗。但我認為那只能供作欣賞，不能戴在手上，原因是怕沾了俗氣。那時我已看過許多文學書，心醉如痴，作家夢已經開始，最怕的是庸俗。在我的觀念裡，穿金掛銀，手上戴著亮光閃閃的戒指，憑添塵氣而已，要那勞什子作啥！所以我是任何首飾也不戴的，母親想給我一點什麼，立刻連聲拒絕。

想不到的是，天下事日久會生變，包括自己的思想和興趣在內。進入中年期後，我竟對鑽石、寶石之類的飾物大感興趣起來。走過珠寶行的櫥窗，也像許多女性一樣，會停住腳步細細欣賞，心中不由得生起喜愛之情，索性買來據為己有。有那麼些年，我確可算得上珠寶的愛好者，為這項嗜好花了不少錢。到外國去演講，都沒有鈔票帶回家：演講費已買了珠寶首飾。

不知是看盡人海滄桑，還是悟出了世間繁華如夢，瞬息即過，近年來，對珠寶的態度，又回到最初的原點，了無興趣。但理由並非原先的「怕俗氣」，其實像鑽石、寶石那樣華美高貴的東西，一點也不俗氣。主要是我看它沒用，怎麼看都是身外之物，與一個人的內在搭不上關係。如果是個快樂的人，不戴珠寶照樣很快樂，如果不快樂，即便戴一枚十克拉的火油鑽，就算得到快樂，那快樂也是短暫的，不會在心裡生根。說穿了，再光燦名貴的寶石也只是一粒石頭，當然鑽石也不例外。

不老的容顏

沒有人不希望永保青春。翻開報章雜誌，總看到一些「如何恢復青春」之類的文章，教人怎樣保護皮膚、怎樣洗頭髮，吃什麼樣的食物防止衰老、增加美麗等等。一些大大小小的美容院、整容中心、調整五官的診所，如雨後春筍般開了起來，都標榜著助人留住青春。

愛美、怕老，乃人之常情，原無可厚非，但我認為，美容或整形手術是幫不了多少忙的，就算是臉上的皺紋被熨平了、垂下去的眼角被拉起來了，發揮的效用也甚有限。五十歲不會因這一熨一拉而變成四十九，就算別人讚「如三十許人」，自己心裡也知道青春並未捲土重來。若原有腰酸、腿痛的老人病，也不可能因為表面上看來年輕一點，就霍然痊癒，如果已到非用老花眼鏡看不清書報的地步，還是得戴上老花眼鏡，才不至於眼前一片灰茫茫。

美容手術的作用，充其量是遮遮人的眼目，造成一個年輕的假象，但在內心裡不會有多少效果，該老的時候還是要老。在人間過了多少個寒暑，一本帳肚裡明白，不管別人說多麼年輕，自己也知道已到人生的那個階段，唬得了別人，騙不了自己。心理的年輕比形體上的年輕，對生活的影響力更大，而這是最高明的整容醫生也幫不了忙的，要想青春多停留些時候，非求諸於己不可。

當一個人外形的青春逐漸消逝時，內在思想和處世境界相對的益趨成熟。那是另一種青春：智慧的青春。這種青春不受形體限制，相反的，可能反而更加美麗、充實。青年時代的浮躁之氣、爭強好勝之心，遇事的衝動莽闖作風全沒了，取而代之是安詳、平和，大度和慈悲。也許面孔上是有幾條皺紋，皮膚確實缺乏彈性，但那張臉上洋溢著另一種讓人敬愛的光輝。高貴的情操是最佳的美容劑，那種美，是從內裡發出來的，要比外表的美麗強韌、持久。一個能真正愛世人或愛事業、愛理想的人，非但不容易老，眉宇間會有一種開闊自信之美。如果因為怕老而悲嘆青春遠去，倒不如讓自己從自我的象牙塔中走出來，敞開胸懷、放眼天地，在有限的人生旅途上，覓得一份永恆的青春。

銀髮族的人生

日前與朋友談天，她說心情不好，原因是感到老之已至，前景黯淡。我看她確實顯得無精打彩，好言勸了半天。

現今科學發達、醫藥進步，保健的方式日新月異，人類壽命明顯延長了許多，活到八、九十算是平常，據說未來人的壽命會更長，當下的世界已逐漸進入高齡社會，是不爭的事實。歐洲、美國和其他地區一些工業發達的國家，老年人成長的數目比我們預期的更迅速，已然對整個社會造成衝擊。這些人該怎麼活？如何自處？正是社會學家們急於研究的課題。

現代的年輕人大多不喜生育，就是生也只要一、兩個孩子，極少像以前那樣，聽其自然，一生就是四、五、六、七個。咱們中國人認為代表福氣的「兒孫滿堂」的局面很難再現。幾代同堂的情況越來越少，一般都過著小家庭的生活，想要含飴弄孫並不一定行得通。站在自己的腳上過日子，乃大勢所趨，老人成了一個特定族群，不知是誰給這族群取了個「銀髮族」的名號，銀髮族要自創生活樂趣。

老並不可怕，可怕的是對老的畏懼。人生之路漫長，每個人都要從青春年少走到白髮蒼蒼，最後走入永恆的死亡。此乃上天賜給人間最公平的道路，誰也不能改變或倖免。人到老年，受體力和環境的影響，生活範圍也逐漸縮小，來日苦短的肅殺氣氛，似乎已在不知不覺中造成。

孔夫子說：「六十而耳順，七十而從心所欲，不逾矩。」我想他說的「順」和「矩」，不是叫六、七十歲的老人要嚴守規範、禁錮本性，相反的，他是要經過漫長紅塵路、看遍人間悲歡離合、深沉智慧的老人，能拿捏合度的開放心靈，不再受各種慾望和野心的羈絆，活得自由自在。

人的一生，都在為了生活，家庭和事業在拚搏，總是責任纏身，免不了勞心勞力。走到老年，已從工作崗位退休，兒女們也自立門戶，該盡的責任都已完成，此時此刻正可輕鬆自由的過自己想過的日子，做以前想做而沒時間做的事。

走入黃昏夕照，不代表生命的光輝盡失，人生的選擇權始終掌握在自己手裡，活得好與壞，主要在本身的意念之間。旭日初升固然美麗，夕暉的燦爛何嘗不別具風華。

輯二

天涯記行

亞馬遜河風情畫

葡萄牙文Amazonas翻譯成中文是「亞馬遜」，聲音婉約、富音樂性，聽覺上予人諧美悅耳之感。那是一條河流的名字。亞馬遜河流域，早年在地理課堂上讀過。她位於南美，長度數世界第二。沿岸有茂密的雨林和未曾開發的土著人民，水產豐富，風光旖旎，洋溢著拉丁美洲的魔幻魅力。

文字描繪的場景和精神，似一幅蒙著輕紗的抽象畫，與能見的真實隱隱相距。亞馬遜河的穠纖長短、聲勢氣韻，美或不美，僅是思維中的點點滴滴串綴成的矇矓意象。當我從紐約飛了九個半小時到聖保羅，再從聖保羅飛過三千九百七十一公里，到北方大城瑪瑙斯，踏過細軟的白色沙灘，走向早晨柔和的陽光下，兀自靜靜流著的亞馬遜河時，心上的暢快與喜悅，似鳥兒的翅膀翱翔向無垠的遠方，優逸自如的沒了邊際。

亞馬遜河全長六千五百五十八公里，河面最寬的部分四十公里，流程達半個南美洲。

大型貨輪可以從大西洋逆流而上，三千七百公里的水運線屬全球之冠。這樣洶湧浩長的一條大河，竟發源於祕魯境內安地斯山脈的一條小溪。出身雖渺小，發展的形態和空間倒真雄闊。溪水依山勢傾斜下滑，經懸崖澎湃墜落，順勢東瀉，一路上吞併數百個大小支流，經厄爾瓜多、哥倫比亞、委內瑞拉、玻利維亞和巴西，穿過熱帶蠻荒的原始林，從巴西的貝林（Belem）奔入大西洋。

我登上一艘半舊式的小型郵輪，直攀登頂層甲板。同船二、三十位黑頭髮、黑眼珠、黃皮膚的朋友，已與我在文學海洋裡共游了許多年，如今我們又同遊亞馬遜河。他們之中，有遠從亞熱帶的臺灣飛行了三十幾個小時，橫跨大半個地球，來到這赤道線上的南半球的。氣候燥熱，遮陽的帆布棚發揮的作用有限。在暖烘烘的小風與烈日的威力之間，我們專心的聽那五官英挺、膚色黝黑，頗具拉丁情人架式的年輕導遊，用帶有濃重南美腔的英語，講解關於亞馬遜河的古往今來。

他說河裡有近兩千種魚，最出名的一種叫「食人魚」：「假若一隻受傷的大肥牛倒在水裡，不消多久就被啃得只剩骨頭。如果誰被食人魚咬噬流血，立刻就會擁上一群來，後果可是不堪設想。」「這麼兇嗎？那食人魚有多大呢？」「不大，比巴掌稍長一點吧！牠們厲害的是有口鋼鋸一般的利齒，加上朋黨性的群體行動，便十分可怕。沒人敢到深水裡游泳。」

當然，亞馬遜河裡大多是不食人的魚，罕見的淡水豚、劍魚、淺水鯊、電鰻或比目魚之類的熱帶水族，早把大河視作供其生存、伴其生死的故鄉。船行速度算不得快，河面波平如鏡，長年被都市的喧囂浮華、汙濁的空氣和科技製造出的文明，薰染得幾近失去自然品味的五官，此刻似經過洗滌般潔爽清新。兩岸綿延如茵的青草地，鬱鬱蓊蓊的濃密叢林，綠得如翡翠般盈滿視野。倚欄俯視，清澈的淡褐色水中有魚悠游著。駛行激起的陣陣波濤，被船尾輕輕拋下。前波、後浪間的推陳轉換，正如人間的世代流程，只有前行沒有後退。

年輕的導遊停止了講解，跑到下層去飲冰凍啤酒。淨爽的好空氣令人慵倦，多位文友已安恬入夢。老舊的小輪船，在靜謐得彷彿凝固了的空氣中，朝著遠方的藍天白雲駛去。突突的馬達聲伴著迴盪的水聲，劃破河面上的空曠與安詳。聽不到鳥鳴也聽不到汽車和飛機的噪音。這樣的一個世界也有過戰爭嗎？也容得下刀槍和殺伐嗎？多麼感人的氣氛啊！如果我能，真想把這一瞬間化為永恆，讓祥和美好長存人間。然而那終究只是屬於個人的、遠離實際的幻夢。

船行靠岸，一行人爬上高坡，進入濃密的原始雨林。太多叫不出名稱的樹木，最老的可數人環抱，幼小的怯生生地自老根旁竄出，披著鮮嫩的綠色，在光線幽暗的密林裡，耀眼地現出新的生機。滑濘的泥地上沾滿落葉。空氣中有腐朽植物的潮溼味直衝鼻子。踏過艱辛的森林古道，終於看到了我們此行要尋訪的目標：沼澤裡的巨蓮。在眾人的歡呼聲中，我看到了那生平僅見的大蓮花。其實花尚未開，只有兩個柚子大小的花苞，從大型圓桌尺寸的荷葉間，直挺挺的伸了出來。「怎麼這樣大啊！」有人驚嘆著。是啊，在文人的筆下婉約嬌秀的蓮花，怎會變成這樣的龐然大物？「亞馬遜河流域的土壤肥沃，任何花草都比別處大。」當地的文友說。接著又看到幾種大得驚人的熱帶植物，仙人掌的高度彷彿是我身高的兩倍。

亞馬遜河森林蘊藏豐富，有「地球之肺」的美名，可供給全球氧氣十三分之一的需要，因而平衡了地殼表面的攝氏十五度氣溫。森林的總面積為四百九十九萬平方公里。林木品質保持良好，兩億年前的稀見樹群依然不斷生長著。礦產的儲藏量亦佔世界之冠，天然煤氣、鉀、鈮，為世界產量的百分之七十八。錫、黃金、石灰、鋁、媒、石油之類，都採之不盡、用之不絕。可惜的是，巴西的科技水準尚嫌欠缺，開發得有限，否則會是最富有的國家。當地的文友做了詳盡的介紹，最後卻說道：「別看森林那麼美，到了夜晚可是另一番面貌。有野獸，毒蛇的種類也數不清。太陽一落山，就是牠們活動的開始。那時候，沒人敢進來。」

好個神祕、古老又蒼鬱的亞馬遜河森林！我深深為拉丁美洲的魔譎風情所震懾，心中也就情不自禁的猜測，下一站要探訪的，是我們此行中美與奇的最高點，可不知又是何等景象？很早以前在一本地理雜誌上讀到，說南美洲有條神祕的河叫亞馬遜，她的最奇特處，是河的中間有一道線，將河水割成黑白兩部分，清者自清濁者自濁，互不侵犯亦不融合，有史以來便那麼悠悠然地各自流著。百聞不如一見，那條出名的界線，是所有到巴西的旅客，最渴望親眼一睹的終極目標。

為了更近的身臨其境，大家特別換乘人力划行的小舟，駛向那條遠處就看得很清楚的水線。八公里長，宛若絲帶般在水面動盪著，把河水分成清清楚楚的兩部分。深的藏青、淺的乳白，各自堅守著承傳自母體的原發性本色，揮灑成天地間獨特的雄渾奇景。小舟在分界線上行駛，我曾試著在黑白交界處以手觸碰，攪動河水。然而被攪亂的黑白兩色，瞬息之間又恢復成原來的狀態。只道世間柔中最柔是水：其柔如水。在亞馬遜河上，我卻見識到水頑強倨傲的一面。

無須深思，便知形成這種奇觀必有科學原因。那導遊小伙子也在用酸、鹼、泥沙、海藻、時速之類的名詞講解著。但愛文學的人情願不要那麼精確的分析，只想把人間的美麗歸於造物者的神奇。在那一刻，我已將俗世聽覺化為靜止，所視所聞，只有天籟天成的原始聲韻。

遊罷返回旅館，導遊宣佈：明晨準時集合，將乘快艇至更遠處。「如果還乘今天這種老爺船，怕得走上兩天才到。」他說。

次日天晴氣朗，清晨已感覺到盛暑的灼熱威力。一行人登上一艘形狀扁而矮，看上去船齡也相當「老爺」的快艇。其貌雖不甚揚，跑起來倒活力十足，風馳電掣，激得水花四濺。沿岸景色如電影裡的快鏡頭，剎那之間即成過往。看那林叢中的茅頂小屋，不禁聯想到其內的主人，住在那麼遠離城鎮的荒郊，該是何等寂寞！可轉念再想，寂寞、孤絕之類的詞句，無非是現代語言，是跟著人類社會文明與科技來的。科學越發達，人越活得孤單寂寞。在過往的古老年代裡，生活簡素的原住民，想的只是捕魚、狩獵，白晝辛勤耕種，夜來夫妻相擁而眠，生出些強壯的後代，繼續為生存奮鬥。他們日出而作，日沒而息，活在大自然的懷抱裡，不似文明的現代人，親近燈光的機會比日月之光更多。

我們本為探訪原住民而來，走上一段彎曲的山坡小路，一個原始部落狀態的村莊呈現在眼前。一群有著深棕色皮膚的土著居民，正用充滿好奇的表情打量著我們。村裡的房屋皆為土牆茅頂，結構簡陋。每家的門口都有一群孩子，八、九歲的兄姐背著一、兩歲的弟妹，衣衫襤褸，笑容卻如陽光般燦爛。據知因遠居荒村，沒有學校，孩子們很少受教育的機會，有的連巴西的國語：葡萄牙語都不會說，只講土著的方言。但他們是誠實而善良的，譬如一個賣土產手工藝品的攤販，對一位想買他的木雕船的文友說：「這隻船還差一點工，沒完全做好，不好意思要你付全部的錢。」我們皆為之深深感動，慨嘆未經污染的人性畢竟不同，這等的純潔質樸，在現代的文明社會中已幾近絕跡了。

快艇遨遊節目是全天。正午時辰，再登上快艇去森林裡，一個完全用竹子搭成的建築物中，看森林文化的陳列物、買紀念品，但第一件事是吃午餐，已經有人在叫肚子餓了。穿過一條曲折迴轉的長廊，竟是別有洞天，大小幾間展覽室，陳列著長矛、獨木舟、獸皮做的鼓和酒壺及飾物之類。旁邊有專賣寶石首飾的商店，女士們免不了流連一番。午飯就在竹樓唯一的餐廳裡享用。菜色沒有很多選擇，但一見那大瓦裡燉得熱氣騰騰、香味四散的黑豆燒牛肉，大家都樂開了懷，個個食慾上升。巴西的咖啡又純又香，牛排細嫩滋潤，是舉世聞名的，但很多遊客更喜歡黑豆燒牛肉，其中也包括我在內。曾有朋友告訴我：黑豆可以增強抵抗力，預防許多疾病，對身體最好，應該常吃。我試著煮了兩次，實在算不得可口，只好作罷。為何黑豆在巴西竟成為美味佳肴？當地的朋友說：「看，爐子上那個大瓦鍋，不是跟電影裡印第安人燒湯用的一樣嗎？他們是用土法烹調的呢！不用醬油，更不懂什麼是味精，調味品全是就地取材的草本植物，燉出來的黑豆燒牛肉就是如此的好味道。」

喝足食飽後重登快艇，返回寄身的現實社會。萬頃波濤推著不大的快船向前疾行，迎面是無盡的遠天，夕陽中的雲色瑰麗絕塵，讓人感動於世界的美好。凝目後望，卻見浪花滾滾，依稀每滴水花都在敘說著人世的悲喜憂歡。人類的故事上連千年下延無窮，是永遠說不完的。山水有靈，常在不顯形的潛移默化中，重啟人的心智和純真。我陶醉在青山綠水之間，激賞大自然的諧美，無感於歲月的痕跡與飛馳，已把亞馬遜河的風情印在心上。

有詩有史有樓臺

揚州之旅決定後，我連翻了好幾本參考書，想知道是否能乘船去揚州？水上情調自然比陸地上悠逸逍遙。查得的結果卻是：到揚州無水路可走。就算由杭州或蘇州上船走運河也不行。這一段河道縱然通達，也只能行貨船，沒有客運。「煙花三月下揚州」的風光，只能在幻覺中體驗了。

「故人西辭黃河樓。煙花三月下揚州。孤帆遠影碧空盡。唯見長江天際流。」「青山隱隱水迢迢。秋盡江南草木凋。二十四橋明月夜。玉人何處教吹簫。」少年時代喜愛詩詞，讀到杜牧和李白筆下的揚州，心中忍不住好奇：揚州是什麼樣的地方，讓大文豪們如此描繪、歌頌！因此久存到揚州探勝之心，但前後去了不少次大陸，偏偏沒有機會一睹揚州的真面目。

陽曆九月的一個清晨，我們乘著一輛遊覽巴士出了上海市，順著高速公路直奔揚州而去。同車的全是文友，各個興致高昂。揚州對我們的吸引力不小。

現代化的交通工具比不上古人的一葉輕舟，古人買舟，順著運河搖搖盪盪而下，在船上又是飲酒又是吟詩，好不風雅浪漫。但我們的優勢是迅速，往昔數日之久的水程，如今只要四小時，何況我們心中亦是有詩、有畫、有文章，訪勝懷古的興奮裝滿心緒，自覺情趣並不比古人差許多。我們標榜的是現代享受、古代追尋。

瘦西湖畔柳青青

節目單裡的「瘦西湖畔看月亮」一項，令我十分嚮往，心想終於可以體會〈二十四橋明月夜〉的情調了。不料只落得空歡喜一場，那天入夜霧色迷濛，月亮躲在濃雲層裡未現芳影。副市長設在昔日鹽商大院的歡迎晚宴過後，改為去享受「揚州三把刀」中的修腳刀（另外兩把是菜刀、剃頭刀）。女士們紛紛快樂的去修理纖足，我因為從未被人修過雙腳而沒去，第二天只聽修過的人說：「真舒服，睡得一夜好覺。」

沒看到月亮，絲毫不影響我們欣賞瘦西湖的好興致，吃過百年老店富春茶社揚州式的早餐，一行人便欣然登上黃色琉璃瓦蓋頂的畫舫，在詩情畫意、豔陽高照的湖光山色中，做個瀟灑的尋芳客。

瘦西湖在揚州城西，所以得西湖為名，前面還多了個「瘦」字，頗有典故。清代詩人汪亢曾，生長在杭州西子湖畔，認定西湖美景是大自然中的絕色，亦是他靈感的來源，他的詩興盡為西湖所賜，無處可與之攀比。不料偶到揚州一遊，方知這兒也有一個湖，面積雖小了些，細長的一條，卻是水色澄靜碧清，兩岸垂柳玉翠含情，岸上三步一亭、五步一園，美不勝收。震撼之餘，詩興大發的吟哦起來：「垂楊不斷接殘蕪，雁齒虹橋儷畫圖，也是銷金一鍋子，故應喚作瘦西湖。」從此中國的名勝裡就有了「瘦西湖」。

畫舫在波平如鏡的水上緩緩漫行，兩岸濃鬱欲滴的垂柳直拂水面。抵達要看的景點便靠岸，釣魚臺、御碼頭、五亭橋，精緻的亭臺樓閣令人目不暇給，確具「兩堤花柳全依水，一路樓臺直到山」的氣勢。

釣魚臺原名「吹臺」，據說乾隆遊船時，忽來興致登岸釣魚，從此吹臺更名為釣魚臺。所謂的「臺」，是一個方形的亭子，三面臨湖，每面有一圓洞可外望，不同的景觀，好像三幅不同的山水畫，設計手法別致而巧妙。

御碼頭，傳說是乾隆登船遊湖之處。另一為迎駕乾隆而建造的五亭橋，亦頗具特色，橋上築有五座紅柱白欄黃瓦頂、狀如蓮花般的涼亭，橋下有十五個互通的橋洞。逢月圓之夜，每個橋洞各映一輪皓月，「十五洞映月」和西湖的「三潭印月」相比，也許更是奇觀呢！

揚州與《紅樓夢》

到揚州，要想不提《紅樓夢》和它的作者曹雪芹也難。

《紅樓夢》的第二回：「冷子興演說寧國府，賈夫人病逝揚州城」。「賈夫人」指的就是女主角林黛玉的母親，賈母的女兒賈敏。黛玉的原籍雖是姑蘇，因為她父親林如海在揚州做官，一家人長住揚州，她的童年也就在那兒度過。事實上，曹雪芹本人的生長背景就離不了揚州。

關於曹雪芹的身世有好幾種說法，我則選擇我認為合理的去相信，即他的曾祖母，曹璽之妻孫氏，曾是康熙皇帝的保母。曹璽本人曾經長期擔任江寧織造一職，後來死在任上。康熙又命他的兒子曹寅，也就是曹雪芹的祖父，續任江寧織造。曹家伺候康熙王朝忠心耿耿，很受信任與重用，南巡時曾四次由曹寅主辦接駕大典。康熙五十一年曹寅在揚州任上病危，皇上親自派人去送藥急救。曹寅死後，又命其侄曹頫繼任。曹家三代先後在江南六十餘年。曹雪芹的童年是在揚州度過的，這應是為何《紅樓夢》裡總有揚州的影子的原因。

賈府豪富一方，生活奢侈，講究吃喝自不在話下，小說裡將之描寫得活靈活現。會賺錢的揚州人順勢發揮，讓揚州的遊客必嘗到紅樓美味，否則便覺枉費此行。

《紅樓夢》裡並沒有整桌宴席的菜譜，但一些紅學專家確認曹府吃的是淮揚烹調。揚州人根據這個線索，在《紅樓夢》裡不斷鑽研尋索，發明出一套套的紅樓菜單。譬如我們吃到的，就有「賈府八大碟」中的「糟鵝掌鴨信」。

這道菜在《紅樓夢》第八回裡是這樣寫的：「……這裡薛姨媽已擺了幾樣細茶果來留他們吃茶。寶玉因誇前日在那府裡珍大嫂子的糟鵝掌鴨信。薛姨媽聽了，也忙把自己糟的取了些來與他嘗。寶玉笑到：『這個須得就酒才好。』……」

鴨信即鴨舌，糟鴨舌是康乾年間的揚州名菜。曹雪芹的祖父曹寅最愛這道佳肴，經常用來宴客。

我們也吃到了出自《紅樓夢》第六十二回：「憨湘雲醉眠勺藥裀，呆香菱情解石榴裙」的「奶油松瓤卷酥」：如今已改名為「太君酥」，說是因考據出賈母喜食之故。俏丫環晴雯愛吃的「豆腐皮包子」，也已改名，直接叫「晴雯包」，我們也嘗了鮮。《紅樓夢》第八回裡寫得生動：「寶玉笑道：『好，太渥早了些。』因又問晴雯道：『今兒我在那府裡吃早飯，有一碟子豆腐皮的包子，我想著你愛吃，和珍大奶奶說了，只說我留著晚上吃，叫人送過來的，你可吃了？』……」

總之，人在揚州，吃不單有色、有味、有情調，也有典故和文學，這等的風雅，別處難尋。

隋煬帝與古運河

史書上記載，隋煬帝開運河，為的是去揚州看瓊花。瓊花盛開於農歷三、四月間，我們去揚州時是新秋九月，已無真花可看，只看了幾張瓊花的玉照，確然很美，但假如只為了欣賞瓊花就開條運河，那就太荒謬了。

不過隋煬帝本是個妄人，他做過的妄謬之事，可謂罄竹難書，相比之下，開河道去看瓊花，反倒像風流韻事了。

隋煬帝曾三次下江南遊揚州，每次都要大擺譜。他本人乘坐的龍舟高四十五尺、寬五十尺、長二百尺，上下四層，廳堂佈局比照皇宮，內裡用金銀珠寶裝潢。皇后、嬪妃、貴人等尚各自有獨立的船隻。隨行的船有上千艘，綿延達二百里。他父親隋文帝生活樸素，但這兒子先要了他的老命，長年累月的侈靡浪費，終將整個江山消耗殆盡。

隋煬帝楊廣弒父殺兄，荒淫無度，是中國歷史上最壞皇帝的代表。但關於這點，現今已有學者提出異議，認為秦始皇修建長城沒有完全被否定，隋煬帝開鑿的大運河至今還有用途，應是值得肯定的功績。不該把他說得那麼不堪，何妨定位於「毀譽參半」。

早在西元前四八六年，吳王夫差為了北上爭霸中原而開鑿邗溝，是整個京杭大運河的真正開始。揚州之名，乃因大禹治水後「州界多水，水揚波」而得，為古九州之一。古代揚州是中國數度繁華興衰的運河城，在政治、軍事、文化、經濟、漕運各方面都發揮過重要的作用，而其中促成的原因，便是有這條貫通南北交流的大河道的關係。

揚州在盛唐時代最為繁華興榮。「夜市千燈照碧雲，高樓紅袖客紛紛。」的詩句，乃唐代揚州市容的實際寫照。如今揚州的的東關歷史街，是唐朝時最熱鬧的商業區。當時的東關街兩旁商店鱗次櫛比，人流熙熙攘攘。盛唐時人民生活自由、風氣開放，遙想當年，那些穿著長袍大袖的仕女們，從街頭徜徉而過，準是紅男綠女，一片升平氣象。

古運河水上南北瓜洲古渡，途經的主要據點便是此刻的「東關古渡」，昔日從水路來的人就在那兒上岸，如今是遊人必到之處。我們一行人懷遠之心甚切，也曾到遺址所在處追念一番，憑添幾許思古幽情。

到了明清時代，許多鹽商富賈聚居於揚州，更造就了揚州的繁榮。直到今天，運河兩岸仍有看不完、說不盡的寶貴文物和名勝古蹟，如唐宋古城遺址、阿拉伯風格建築的普哈丁園，何園、文峰塔、高旻寺和著名的吳道臺宅第等等。吳道臺宅第是清朝政壇聞人吳引孫，仿照他在寧波、紹興、臺州擔任道臺時的邸府所建造的。佔地十二畝，房屋一百餘間，建築風格極具特色。宅第裡處處是精美的雕刻，有很高的藝術品味。宅中有個藏書樓叫「測海樓」，仿寧波的「天一閣」模式而造，在近代中國藏書史上佔有一席地位。

今日揚州無悲情

如果說世界上真有悲情城市，揚州可進入前幾名。

清朝順治二年（西元一六四五年），攝政王多爾袞的胞弟多鐸，率領十萬大軍圍攻揚州，多次誘降守將史可法遭拒，乃下令攻城。揚州守軍不足兩萬，艱苦抵抗一個月後失陷。破城之後，多鐸下令屠城十日，大肆屠殺。僅僅被收殮的屍體就超過了八十萬具。清人王秀楚著有《揚州十日記》，記載此事，因長期被清廷查禁，使得清末以前無人得知。直到有人將這書由日本帶回，才真相大白。

這樣的歷史慘劇：城遭血洗、人被殺光，該是何等悲情！但揚州人的臉上有自信、有笑容，好客而富於進取，總在謀求與時代接軌，追求更高的現代化和經濟繁榮。他們沒有悲情。

今天的揚州是個開放的、全方位向外發展的時代城市。揚州在歷史上有開放的好傳統，如在唐代就是對外交流的四大港口之一，當時揚州的外商達一萬多人。韓國的崔致遠、阿拉伯的普哈丁、義大利的馬可波羅等都曾到過揚州。現在的揚州亦與德國、美國、義大利、荷蘭等國家做汽車、船舶、電纜、精細化工、化纖及紡織面料、食品，電子資訊、生物工程等方面的合資、合作。

揚州有那麼深的文化底蘊，發展旅遊事業乃順理成章。為豐富行程內容，特別設計了「二分明月文化節」和「煙花三月旅遊節」等等。那些曾在揚州住過的大詩人：李白、杜甫、白居易、孟浩然、杜牧，和以鄭燮、金農、李方膺、羅聘等為代表的「揚州八怪」，是每個到揚州的遊客必定會聽到的名字。揚州人也喜好韻律和手工藝術，著名的地方戲劇是：楊劇、揚州評話、揚州清音，而富有地方特色的揚州傳統工藝：漆器、玉雕、刺繡、絨花、盆景等，有的歷史遠可追溯到兩千多年前的戰國時代。時至今日，他們仍極力保持並努力發揚。加上他們全力研製的淮楊菜、紅樓宴，這兒就成了觀光客最喜愛的地方。

有詩、有史、有樓臺

我們在揚州只有兩天，在這短短的時間裡，竟「搶」著把該看的都看了。倒正合乎我遊山玩水的原則：觀景、賞畫、讀書、聽曲，只須欣賞那藝術品的本身之美，絕不去研究王熙鳳吃藥，到底熬了多少時間之類的問題。揚州二日，可說是不多不少，恰恰好。

我們參觀了「揚州八怪博物館」，到富春茶社吃了揚州早茶，瘦西湖上的畫舫也乘過，又走了潤揚大橋。逛過一個十分秀美又氣派的園子，但到今天我還沒弄清楚，那究竟是號稱中國第一名園的「個園」，還是有晚清中國第一名園美譽的「何園」。我想，叫什麼並不重要，重要的是其中的芬芳花木和清新空氣，讓我感到心曠神怡，無限享受。

九月的揚州，新秋的瘦西湖，柳綠花嬌，水澈雲白，「二十四橋」仍然優雅安靜的跨湖而立。杜牧筆下「明月夜」的絕世風情，陽光普照中無由顯現，但看到太陽下的二十四橋，也算一了心願。

出名的壞皇帝隋煬帝楊廣；好玩樂、享盡人間福分的乾隆；雄才大略、英明睿智，被後世讚為「千古一帝」的康熙，都愛上揚州這塊地方，都左一次、右一次的來遊揚州。地方官員為討好皇帝，每次都大興土木，留下至今依舊華麗綺旎的風貌。

文人雅士如李白、孟浩然者也對揚州欣賞不已。當然，對揚州最是眷戀、最離不開揚州的，是號稱「小杜」的杜牧：「落魄江湖載酒行。楚腰纖細掌中輕。十年一覺揚州夢。贏得青樓薄倖名。」

以前每讀這首詩，會情不自禁的想：揚州到底是什麼樣的地方啊？怎麼弄得這位才華橫溢的瀟灑詩人，一浪蕩就是十年！當我自己走在「春風十里揚州路」上時，終於明白了：原來揚州是如此的淒豔、絕俗，天闊、月明，有說不盡的古往今來，有超越時空的獨特美學，越走近越能感受到文化的醇香，是個有詩、有史、有樓臺，能給人遐思和靈感的，雅麗又奇異的城市。

又見上海

抗戰勝利的第二年秋天，母親帶著我們一群孩子，隨同鄉朋友們，由四川重慶回到北方的故鄉。旅途上最重要的據點是上海。在上海搭上遠洋輪船，才可乘風破浪，一路奔向北方的大港口。早在半年多前就回去執行接收任務的父親，將在那兒等待著我們去團聚。

上海！這個令人震撼的名字在地理書上讀過，說是中國最早對外開放的商埠，建築雄偉，華洋雜處，是一個多彩多姿、內涵複雜的大城。我那時候已脫離童年，但還離少女還有段距離。閒書倒是看了不少，也和同學去看過一場上海出品的電影《西廂記》，周璇主演，她花容月貌，又說又唱，沒見過世面的我感動莫名，越發覺得上海是個神奇得令人出乎想像的地方。那時我唯一的追隨者是大妹淑敏，她的背景與我很是相同，也是在一個叫沙坪壩的郊區小鎮上，一條叫正街的，直直的泥土路跑來跑去長大的孩子。若說沒見過世面，她比我更勝一籌，因為她連《西廂記》也沒看過。我把要去神奇大城上海的心情跟她描述，她表情嚴肅卻又興奮，直說要好好的完成任務。一路上數度舟車轉換，兩個傻瓜快樂的做著行李搬運伕，前面有上海的美麗身影在向我們招手。

折騰了半個多月，終於到了我們夢中的神奇大城上海。出火車站時天已入夜，到旅邸的路上，只見燈火輝煌，一些商家的高樓頂上還有閃爍的霓虹燈，顏色璀璨奪目。馬路上有那麼多汽車奔馳著，還有長盒狀的電車駛過。這一切對我們而言都是奇景，兩姐妹悄悄說：「跟咱們沙坪壩真不一樣呢！」那時的沙坪壩沒有自來水，有的人家還點桐籽油燈，我家住在臨街的樓房裡，有不是很明亮的電燈，但已是大家很羨慕的了。

住的地方緊臨鬧街，從三層樓上的窗口往下望，只見車潮如湧，人群熙熙攘攘，我也曾帶著兩個妹妹到附近閒逛，母親直說上海太大，我們既不認得路又不懂上海話，怕走丟了找不回來，叫我們乖乖的待在房間裡。住處的樓下有間圖書室，我便借些巴金和茅盾的小說，窩在屋角一看就是一天，心中頗是鬱悶，心想：上海再好又怎樣！什麼也看不到。幸虧幾天後，母親的一位朋友來探訪，帶我們去逛先施百貨等大商店，還去西餐廳吃烤雞。我和妹妹們情緒頓時好了起來，覺得終於看到了真正的上海。

第二次到上海是一九四九年，在全國局勢動盪、兵荒馬亂之中，取道上海去往臺灣。唯一能記得的是，碼頭上一片人潮，我們搭乘一艘叫「中興」的大輪船，去了臺灣，從此與大陸斷了音訊。再到上海，已是三十多年之後。

一九八六年，我以海外作家的身分，應全國作協和友誼出版公司之邀，訪問大陸。三周的時間，由北到南，做蜻蜓點水式的回憶之旅，在上海雖然只有兩個整天，卻是到上海三次中看得最全面、了解得最透徹的，因為有最熱心也最優秀的上海人接待我。

那時名作家茹志鵑女士是上海作協主席，她和她也是作家的女兒王安憶女士，熱情的接待了我。她們不僅陪我看遍上海的精華，還介紹當地的文友給我認識，令我萬分感激，同時也認識了上海真正可愛、不平凡、內涵豐富的一面。那時我一點也沒料到，在整整二十年後，又再回到上海，而且是以海外華文女作家協會會長的身分，與全體文學姐妹一同召開九屆年會。

一九八七年，有天忽然收到一位文友轉來陳若曦的信。信中說，想成立一個專為女性作家而設的文學會社，希望我也做個發起人。那時我和若曦只是互聞其名，並未見過面，她的信令我感到十分親切，便立刻簽了名，將信寄回，表示樂於參與。這是非常典型的文人相交模式，不需見面，照樣可以做成一件不小的事。

兩年之後，這個女作家文學團體終於誕生，成立大會就在舊金山若曦的家裡，二十多人出席。當時我住在歐洲瑞士，路途太遠，沒能前去。那時並不曾料到，海外華文女作家協會會發展得如此壯大，更沒想到要在上海舉辦會議。

密集的開了兩天會，全是演講討論或商量會務，雖然有趣卻也相當緊張，再說到一個新地方，誰不想去走走看看。觀光旅遊，就成了每次開會必不可少的節目，正是工作不忘休閒。

我們去了離上海只有一個半小時車程的朱家角。全體會員和相關眷屬，分乘兩輛巴士出發，先去參觀一間藝術館。正值展出屬於設計美術範疇的作品，與我的專業所學十分相近，瀏覽欣賞之餘，感慨也多。自從七十年代初開始專業寫作後，便丟下了畫筆，已足足三十幾年沒調過顏色。這段長時間，寫了二十年，停筆十幾年，雖說出版了一些著作，悵然若失的感覺仍不時浮現。

我看著、想著，忽然有文友來告，說影星林青霞也來參觀，就在樓下，問我要不要去看看？我生平沒做過追星族，加之正全神投入的看畫，便沒跟著去湊熱鬧。想不到的是，當我們離開時，在美術館的大門前，只見林青霞亭亭玉立的站在那兒。我主動報了姓名，她問：「來開文學會議啊？」，淡淡的談了幾句，留下美好印象。我認為林青霞稱不上是一位絕世美人，在影藝圈和模特兒圈中，可能有不少外貌和身材比她更出眾的女子，但美不僅僅是形體構成，精神部分至關重要，那是誠於中而形於外的一種氣韻。林青霞之所以被譽為美女之冠，主要是因為她有一般漂亮女性所欠缺的優雅。短髮，黑衫、白裙、平底鞋，脂粉未施的她，顯得自然而大氣，仍有絕對的女性魅力。

朱家角是一個水鄉小鎮，有豐富的歷史性，據說早在三國時期，便已有村落市集，到明朝萬歷年間，已成為經濟繁榮的出名商鎮。如今是江蘇和浙江一帶，十多個已開發的水鄉之一，是到大陸旅遊的客人，最喜愛的觀光景點。

江南春季多雨，到達朱家角時一片溼淋淋的。斜風細雨之中，我們隨著導遊小姐，瀏覽了至今仍古色古香、明清時代就存在的街市，和鎮上最大的莊園式園林建築「課植園」。以「課植」為名，不外是取雖勤於課讀卻沒忘耕耘栽植之意。園子由廳堂區、假山區、園林區三部分組成，建築別致精巧，饒有古意。據說此處居民多姓朱，自古代代相傳，在這兒落戶，故名朱家角。

由於雨下得實在不小，原定的逛市場節目只好作罷。逛了一遍園子之後，大家便分批乘著小木船，到歷史悠久的「阿婆茶樓」品嘗風味糕點，聽蘇州評彈。文友們興致高，索性自己「下海」又唱又跳，自我抒發一番。阿婆茶樓雖享有盛名，她的茶點我倒覺得平常。不平常的是她的景觀視野。

老屋依水而建，拐彎狀的迴廊，環抱著小樓臨水的兩面。廊上擺有方形小桌和木凳，專供客人品茶賞景。我依欄而坐，整個河景盡入眼底。煙雨迷濛之中，水鄉澤國幽淡的江南風光，像一幅古老的水墨畫，悠悠的散發著迷人的古韻。

手捧一杯新沏的好茶慢慢飲啜，隔著滔滔河水是出名的「放生橋」，那是座五孔石拱橋，建於明隆慶五年（西元一五七一年），那時造橋以助交通順暢，就像今天造高速公路一樣，歷代共造了各式各樣的三十六座，其中以「放生橋」保留得最完整。我品著江南新茶的清香，面對漫天秋雨，幻想著在那麼久遠的年代，身著當時的裝束，衣袂飄瀟的男男女女，走在橋上的情景，大懷思古幽情。

很多熟人在上海買了房子，紐約、上海兩頭跑，當空中飛人。有的索性就連根拔營，在那兒定居養老，預備落葉歸根了。文友中也有好幾位在上海買屋定居的，如蓉子、曹又方、蔡玲、顧月華等，都說上海是個適合居住的好地方，衣食住行樣樣便利，物資豐富，生活消費額又不高。總之，住在上海的人一片讚好聲，但上海的生活到底是什麼模樣？我是一點也想像不出，這次去上海才得到一點概念。能確定的是，她們都能融入當地社會，日子過得很悠逸快樂。

先說蓉子。這個蓉子，不是臺灣那位有名的女詩人，而是新加坡的散文作家。她出過二十餘本著作，同時為三家報紙寫專欄，提起她的大名，在上海可是無人不知，但她的成就並非僅限於文學範疇。她另一個響亮的名號是企業家，是上海商場上舉足輕重的女強人。我與蓉子相識於十二年前。當時我到武漢去開會，會後應汕頭大學之邀前去訪問，在一位陳教授府上與她結識，談得頗為投機且同去潮洲遊覽，大有相見恨晚之感。這次又在上海相見，自是十分歡喜。蓉子交遊廣闊，熱心而重義氣，我們的會後旅遊，去朱家角和揚州，雖然皆是當地相關機構招待，但都是她幫忙促成的。

曹又方這次也出席了會議。其實我與又方只見過有限的幾面，並不是很熟，但我看過她的著作，也知道她曾艱苦地與病魔搏鬥，拯救自己。對她的人生智慧和追求生命的勇毅，都感到欽佩。又方目前也定居上海，過得安適如意，看上去神清氣爽，絲毫不帶病容。

另一位多年未見的文友蔡玲，以前的筆名叫范思綺，寫過一本很出名的小說《七個珍重》，如今她又恢復了本名蔡玲。

蔡玲是個熱情的人，送了我一本她新出的小說集《古典式愛情》，還請我到她位於徐匯區的公寓小聚。她的住處很是舒適，有美麗的屋頂花園可供散步健身，屋內設備十分現代化，以浴室最寬敞討喜，若躺在附有按摩設備的浴缸裡，關上電燈，沿著黃浦江一帶的多彩燈光，便可盡收眼底。在上海那樣人口密集的大都市裡，能有這樣的居所，是幸運的。

在上海圖書館的文化名人展覽館，漂亮的玻璃櫥窗裡，我看到自己的舊日手稿，像見到久違的老友般，滿心欣喜。待在上海的最後幾天，倒真做不少有關文化與文學的事：在文化名人展覽館留下口述歷史。應邀到復旦大學和同濟大學做專題演講，和青年學子們做了文學討論。總的說來，這趟上海之旅算得上是內容飽滿，不虛此行。

好幾個朋友問我：想不想把紐約的一切處裡掉，收拾箱子，進駐上海？我說算了吧！從那麼遠的歐洲，費了好大的勁頭搬到紐約，在紐約的七、八年裡又挪了三次窩。勞民傷財，身心俱疲，如今是再也搬不動，堅決死守紐約了。

獨登雪山

登山訪雪是突發的念頭。

久別重歸，時時都在忙著料理堆積的各類雜事，這天難得空閒，坐在湖邊的茶座上品嘗一杯新茗，抬頭轉眸之間，卻瞥見遙遙相隔的雪峰尖頂，青灰色的山石上覆蓋著成片成條的白色積雪。在正午的陽光輝映下，明暗深淺分外清晰醒目。行雲過往時騰浮自如的悠然寫意，流露出一種引人遐思的雅致，彷彿是古人筆下的雪山圖，空靈深遠，美得不沾一絲煙火氣。我痴望良久，看那似傲然執意要拋下渾沌塵寰，昂揚上升，高高自群山中孤立出來的銀白色峰尖，有欲走入畫中的衝動。

我真的往畫中走去，坐上登山的火車，轉換三次。因時近午後，上山滑雪的人潮已過，愈到高處人愈稀少。列車緩緩爬行，只覺得峰迴路轉，忽而由陽光燦爛處鑽進陰霾的山洞，忽而又從黑洞裡竄出，奔向朗朗耀目的潔白大地。明明暗暗的行走間，有如置身於時光隧道，歲月的河滔滔倒流，不禁憶起那些與孩子們上山滑雪的往事。

那些年裡，應說年年與阿爾卑斯山的雪峰有約。每到冬季二月，小學開始輪流著放滑雪假，我照例在度假地租間公寓，提包攜袋地帶著兒女上山。每天早餐之後，這個從來沒有運動細胞的媽媽，穿上全副的禦雪裝備，領著肩扛滑雪板的小人兒，一腳深一腳淺地，步上被厚雪覆蓋的山崗，把他們送到滑雪學校的集合地，交給教練老師。當他們滑了一天雪，曬得小臉黝黑、雙頰紅似蘋果，累得像小狗熊般地回到原地時，身手笨拙的媽媽已先到來等待。

孩子們上中學後，便逐漸地隨著滑雪冬令營去度假。我上雪山原是捨命陪君子，不得已而為之，此刻終得解脫，滿心歡喜慶幸，就再也沒去過阿爾卑斯山頂的滑雪勝地，日久竟淡忘了雪原秀色。當然，在漫長的冬季，城市裡也會蒞臨大大小小的幾場雪。但雪在城市裡，就像屬於神靈世界的仙女走下雲端，衣袂飄飄地徜徉在車水馬龍的鬧市街衢上，既不調和，又辜負了她的出塵美態。

纜車跟著遐思前行，悠悠間到達終站，迎面的大鐘正指著三點半，我未著雪靴不敢行遠，在站臺旁邊咖啡館的寬大露臺上，找了個朝向斜暉又近欄杆、視野可極目馳騁的座位，安頓下自己。滾圓的腰上束著鑲花邊的小圍裙，臉上泛著山區居民特有的紅潤健康膚色的中年女侍，已笑容可掬地站在跟前，用生硬的英語問我想要些什麼？我用德語回答說想要一份蔬菜湯。她便用塗了紅色蔻丹的手指，敲了兩下那梳著雀巢式髮型的腦袋，大嘆自身有眼無珠，把歸人當成了過客。我說不妨事的，她有絕對的理由如此判斷，她的職業本是在接待一批又一批的過客。

那女侍聽了好像如釋重負，笑得嘻嘻哈哈。其實我更想說：包括她本身，誰又不是過客？在這樣連綿無垠的雪峰環繞中，人顯得何等的單薄渺小啊！時間的巨掌自然會慢慢地來收拾我們，最睿智的哲人和最強悍的英雄，也無法改變這項事實。人生固然有限，所幸這條道路夠長，並充滿創造性，如果能走得坦蕩、虔誠、執著，不曾荒廢或失落什麼重要的生命景點，就算豐滿的美好旅程了。做個過客又何妨！

熱騰騰的蔬菜湯端上來了。這是滑雪山區一種迎合時令特色的食物。湯是用牛骨熬的，內容是切碎的洋蔥、西芹、青蒜、番茄、胡蘿蔔、捲心菜、雞肉和大粒的薏仁米，黏黏糊糊地燉成一鍋，味美又富營養。滑雪的人不宜吃得過飽，中午休息時來碗蔬菜湯，加上兩片全麥的黑麵包，再叫一杯咖啡，即可稱茶足飯飽，堪以應付下午幾個小時的運動體力。

我慢慢品嘗著香醇的濃湯，憑欄極目四望，只見不遠處兩個登山吊梯正在徐徐往上滑行。依梯而立的人像被串聯成一條五彩繽紛的長龍，沿著峻險的斜坡，任由鋼索牽引著攀上峰巔。原來這兩千公尺的高度，對滑雪技術高超的好手仍嫌太矮，他們要站在離天空最近的一塊地上，滑向熙熙攘攘的人群。

我靜靜地觀賞著白色雪原上的紅男綠女，看他們由高處似飛地驚鴻而過，姿態輕盈帥氣，宛若魚游於水，展現出無限的生命與活力，風馳電掣的滑下深不見底、被厚雪掩蓋了整個秋冬兩季的谷地。下去又攀著吊梯上來，再瀟灑地倏然滑下，反覆來去的匆匆揮灑之間，倒像刻意要傳遞佛家所言塵世輪迴的消息。

我想，人能在有限的生涯道上，活得愉快美好，是因為可體會到人與人之間相互的關聯，一代接著一代，綿綿延續，承傳不息。雖說人的肉身是赤裸裸地孤獨來去，但在生存的過程中，卻是充滿著同為人類的溫暖：呼吸著同樣的空氣，觀賞著同樣的日月星辰，在同一塊大地上活動，最後同歸於泥土，彼此之間的關係是多麼密切。

我再想：假若此刻沒有周遭的人，偌大的露臺上只有一個我，在這兒環顧空蕩蕩的雪山，沒有紅臉蛋的女侍送上一碗濃湯，亦沒有技術嫻熟、姿態優雅的滑雪人供我欣賞，抬頭是找不著邊際的雲天，垂下眼光俯看，是被陽光輝映而白得透亮的冰雪曠野，既無人跡又無人聲，可該是怎樣宇宙洪荒的景象！於是，我心中溢滿著感謝與感動。感謝上蒼為我們創造了這個諧美的人間世界，更感動他用愛和關懷將芸芸眾生串成一氣，使每個孤獨的個體，隱隱間都能感受到些許來自同人類的和煦暖意。

夕陽隨著我不著邊的冥想漸漸偏西，我驚覺已是下山時刻，若待太陽落盡，黃昏來臨，氣溫驟然下降，雪山變為冰山，我的這身城市裝備怎夠禦寒？而且地滑鞋薄，弄不好滑上一跤，豈不糟糕？正巧下山纜車轟隆隆地蓄勢待發，一個靠窗的佳座虛位以待。冷傲淒豔的雪峰峻嶺原非我久留之所，回到那個熟習的、被汙濁薰染、噪音充塞、瑣雜事物紛攘，卻住慣了的凡俗社會，此其時也。

朝著潔白純淨的雪峰做了最後一瞥，告別的語言是心中深沉的感觸。何時再來？還來不來？都說不上。我畏寒冷又懼臨高，縱扮雪山過客，也許只有資格獲取這短暫相聚的緣分。山不在高，有仙則靈。兩個小時的凝眸尋思，沉醉於自然的雄渾美景氛圍，已夠永恆。在盛裝記憶的提籃裡，我確知不會缺少一顆與白雪奇峰有關的美麗果實。

輯四

我在紐約的日子

在紐約街頭徜徉

居住歐洲多年，入鄉隨俗，養成喜好散步的習慣。雖不像瑞士人那樣，一走動輒兩、三個小時，但黃昏前的四十五分鐘健康行路，除非天氣特壞或有事在身，倒很少間斷。

散步屬於健身項目的一種，像我這種缺乏運動細胞、不會打球也不會游泳的人最為適合。瑞士是世界上頂講究生活品質的國家，時時注意空氣清新，有人家處便有濃蔭及好花，環保工作做得徹底，所以我那三刻鐘的散步，是與呼吸新鮮空氣和欣賞錦繡繁花並行的。

來到紐約，變成了一個新人，彷彿舞臺上的大幕重新開啟，節目總得順應環境做些更改，其中包括慣例的散步。其實這個改變絕非心甘情願，乃屬不得已，因為我的居所附近盡是大街，終日車輛穿梭不已，汽油味隨風四散，在這樣的道路上散步，非但收不到健行的效果，還有「吸毒」的危險。因之頭半個月我堅守「城堡」，只在辦事、購物、訪友時外出，拒受汙染。直到有天從窗子望出去，覺得外面亮堂堂的世界實在太誘人，有欲飛的衝動，才又恢復了散步的老習慣。

說明白些，那不叫散步而叫閒逛。那天我沿著百老匯大街往上走去，獨個兒在寬寬的人行道上晃蕩，穿過一條又一條的橫街，掃視著擦身而過、熙熙攘攘的人潮，各色各樣的人種：黑膚少年臂挽白膚少女，鬈髮藍眼的西方男人與黑髮披肩的東方女子相擁而過；鼻孔掛金屬環、把頭髮染成紅綠顏色的新人類，乃至不知從近東哪個國家來的，用紗巾蒙住半個面孔的婦女。當然，最多的仍是穿著整齊，一眼望上去便知是屬於白領階級的上班族男女。偶爾也會看到蓬頭垢面的酒鬼和邊走邊喃喃自語的中老年人。

那真是一個大混合的局面，給人的印象是：分不清種族、國別，華麗整潔、標新立異或崇尚傳統，都不會被目為怪異，無人會指指點點。

自由自在，無拘無束，思想任意馳騁，心中沒有負擔，信步前行，走到那兒願停則停，要回頭就回頭。漫漫世路、靄靄紅塵，兀自的隨興徜徉，靜觀人群百態，是何等的逍遙有趣！那感覺真好。從此以後，我自然而然的又恢復了散步的愛好，也就是說，常常一個人像無業遊民般，在馬路邊上閒逛。

我在紐約街頭閒逛，仍保持在瑞士時散步的老習慣，獨來獨往引以為常，無須人陪伴。見美國的男女老少都穿得那樣隨便，尤使我心喜，不必梳妝換衣，披件外套、背起皮包，登上那雙臺北買來的跑路鞋，十分鐘後人已站在馬路旁，多麼的省事省時，比起歐洲人時時不忘紳士淑女風範，晚上不穿白日的時裝，工作不穿休閒的衣服，出去散步幾十分鐘，也記得穿戴整整齊齊、免失身分的不成文法，讓我這怕麻煩的人，深感便利得近乎可愛。

我看人也看櫥窗，近年來購買慾隨著年齡節節下降，每次上街除了買點牙膏、肥皂之類的必需用品外，儼然地球上最重要的事就是個「吃」字，手上提得沉甸甸的東西，多與口腹相關，例如水果、青菜、酸牛奶、黑麵包。看著商店裡進進出出的顧客，洋溢著一種動感和生機，讓人覺得這個世界是真的活著，在不斷的向前運行著。

我常常這樣逛著、想著，不覺間走得好遠，曾幾次走到第二或第五大道，在那平坦寬敞的人行道上，享受流浪漢式的孤獨與自由。暖烘烘的人氣自四面八方襲來，不必相識、不費語言，人潮如河水，波波相連，自身亦屬長流中的一涓滴，相互間的距離何其近。當走累了，街邊有咖啡座可歇腳，慢慢的飲啜一杯咖啡，用欣賞的眼光靜觀過往行人，其間況味只可體會難以言傳。在注視他人的同時，亦能更清晰的觀照自身，腦子裡不是胡思亂想亦非空白一片，竟反而比坐在屋子裡沉思默想，愈形剔透清明。

獨坐咖啡座上看街景，在瑞士我亦為之。但瑞士與紐約的街頭景觀截然不同，各有千秋。蘇黎世大街有貴婦的矜持，就算在遊客最多的季節，也顯得井然有序、整潔雍容，不似紐約的開放豪邁、包容量大。

在紐約街頭匆匆而過的行人，無論哪個族群，好像臉上的表情都有理直氣壯的自信。湧滿人潮的街頭畫面上，種族彷彿是不存在的名詞，一對對相擁或牽手而過的年輕男女，說明著誰要跟誰談戀愛，紅黃白黑各憑自由。

紐約城大路多，不愁沒處走。藍天白雲、高樓巨廈之下，思緒隨著腳步混在人潮中徜徉前行，依稀是在追逐著時光環繞宇宙。

我在法拉盛的淡素生活

常有昔日的老朋友來信問我：何以移居美國後音訊甚少？莫非居住的法拉盛真有那麼可愛，令人樂不思蜀？他們聽得的資料卻是：這個區域很亂，市容不整，出名的大商家先後遷出，便宜的九十九分店倒閉了好幾處，經濟落後。但聽說華文作家大多住在這個區域裡，「你是因為要生活在寫作圈，才搬到法拉盛的吧？」是常被問起的話。

現在電腦流行，沒人再把信寫在紙上至郵局投寄，但就連最方便的e-mail我也很少寫。年事漸長、雜務太多、精神不濟，人越來越懶散是個原因，更重要的是，住在法拉盛，生活雖然平淡卻也相當忙碌，能坐下來寫e-mail的時間不多，的確冷落了老友們。其實我早就想寫一篇，有關紐約華人集中地法拉盛的文章，讓我的朋友和讀者們知道，法拉盛是什麼樣的面貌，而我又是如何在這裡生活的。

法拉盛雖然只是皇后區裡的一個社區，名氣卻不小，在紐約提起，無人不知。我到紐約已經八、九年，初住曼哈頓，離世貿中心不遠。九一一恐佈事件時親眼目睹雙子星大廈倒塌，令我產生一種難以形容的悲哀情緒，覺得人心真的變成了鐵石，世間的博愛已得了萎縮症，生命的意義看來蒼白至極。在鬱結沉悶縈迴不去的日子裡，我接受了家人的建議，決心搬離曼哈頓，到皇后區的法拉盛來居住。靠著朋友的幫忙，在一幢大廈裡找到住處。新居地處社區中心，鬧中取靜，離郵局、銀行、醫院、超市都近，生活很快就上了軌道，我便順理成章的成為法拉盛的居民。

法拉盛是個移民世界，族群包括韓裔、印度裔、巴基斯坦裔等等，不過相比之下，以華裔的比例最高。這個社區現下無疑是亞裔移民的最愛，但最早是印第安人聚居於此。十七世紀，荷屬西印度公司旗下的荷蘭人首先遷入，接著最喜移民的英國人也來了，當時美國的殖民總督史岱文生對此不滿，發出禁令，引起許多正義人士和桂格派信徒的反彈。他們在一位名叫邦恩的法拉盛居民家中聚會，簽訂了《法拉盛宗教信仰自由宣言》，成為美國憲法中信仰自由的基礎，使得法拉盛在美國移民史上佔據重要地位。一九六〇年代中期以後，亞裔逐漸遷入，在法拉盛附近工作、定居，讓法拉盛沾上亞洲氣氛。

法拉盛始終是個充滿活力的社區，這兒有個叫ＲＫＯ的戲院，於十九世紀初期，曾被稱為「東岸好萊塢」，多位如鮑伯・霍伯之流的大明星都來演出過，而且還產生過一、兩個名人，譬如雷根總統夫人南茜就在此出生。一言以蔽之，法拉盛的歷史有過輝煌時代。

如今走在法拉盛市中心的緬街上，舉目皆是黑髮黃膚的老華，正港的美國白人在這兒是少數民族。二〇〇一年，法拉盛選出四歲由臺來美、歷史上第一位華裔紐約市議員劉醇逸。二〇〇四年，臺灣來的孟廣瑞當選為紐約州的第一位華裔州眾議員，兩年之後，楊愛倫緊接著成為第一位女性華裔州眾議員，她也來自臺灣。由此可以看出，臺灣來的移民，在這個社區裡扮演著重要角色。

法拉盛常被稱作「紐約市第二個華埠」或「紐約小臺北」，將它比喻為西岸加州的「小臺北」蒙特利公園市。這樣的美稱，當然與法拉盛的華裔人口特多相關，而另一個沒有擺上臺面的理由，則可能是認為它和「華埠」或「小臺北」一樣，是美國主流社會之外的「國中國」。這個國中國代表著什麼？也許有點封閉、髒亂，治安不是最好，生活水平亦非最高之類的意思。

近年來大陸的新移民每天都在增加，一個對美國毫無了解的中國人，不辭萬里的飄洋過海而來，只因有一個色彩繽紛的美國夢。夢是朦朧而虛幻的，要變成實實在在的擁有，需要付出代價。他們之中很多是知識份子，來美後改行從事餐館、裝修、超市等繁重的體力勞動，每個人背後都有一條通向美國的崎嶇道路或令人心酸的移民故事。他們不怕吃苦，只為追求更好的明天。事實上，他們帶來資金、才能和不畏艱辛的精神，對社區，甚至對美國經濟的振興發展都有貢獻，使法拉盛這個看起來不太像美國的社區，充滿著向前衝刺的活力和美麗憧憬。法拉盛正在主宰著僑社結構的改變。

海外華人喜歡稱自己所寄身的社會為「僑社」。只說紐約，自從十九世紀，窮苦的中國人飄洋過海來討生活，在簡陋的唐人街過著卑微、辛勞、與主流社會完全隔離、化外之民般的日子，而到今天，華人在各行各業都表現傑出，能夠直接參政，使得主流社會不得不接納、重視的階段，這是用辛酸、忍耐和堅強無畏的精神換來的。

我彷彿是個旁觀者，靜靜的觀望著他們的生活，發現這些尋夢者都在尋找，尋找屬於自己的希望。這些華裔新移民，有的到美已多年，有的只來了幾個月，但他們的存在，是與美國百餘年的華僑移民史血脈相連的。有一代代的忍辱負重，才有我們今天的康樂生存。其實這漫長的、一個多世紀的華人奮鬥過程，就是一部史詩般的大小說，可供書寫的題材取之不盡、用之不竭。我曾有意以紐約華裔為背景，寫部長篇創作，至今未打消這個念頭。

我雖已出國四十餘年，面對美國漫長的華人移民史來說，只能算是個新移民：到法拉盛才滿五年。初來時總被問起：在瑞士那麼清潔美麗的國度住過三十年，到法拉盛這個又髒又亂的地方住得慣嗎？我的回答是：「很習慣啊，這兒是我自己選擇的新鄉。」聽的人常常好奇的瞪大了眼，顯然不知我看中法拉盛哪一點。

常聽到的一句話是：法拉盛不像紐約。的確，在電影和相片上的紐約，是像第五大道或公園大道那樣，路面寬廣、名店櫛比，一棟棟的高樓直入雲霄。紐約號稱世界第一大都會，似乎不該像法拉盛這樣，看上去倒像中國的小城。

我移民來此的初衷，經過的心路歷程和一般的新移民並不一樣，但有一點是絕對相同的：要尋找一方淨土，為自己選擇一個願意認同的新鄉。

人的一生總在尋找。有人要物質，有人要精神，有的兩者都要，或兩者都不要，只想找回原始的自己。我想，我是屬於最後的一種。回想過往，彷彿一直都在努力配合外在環境，總在為別人活著，真正的自己早就不知去向了。其實，人很需要為自己活一活。

歐洲有王室、貴族，和豐富的歷史與文化，講究生活品質和情調。在那個環境裡，我曾很投入的過日子，過著比「小資」要講究些的生活。

曾有二十年餘年的時間，我全心全意的為丈夫、孩子而活，烹飪、理家、採買、剪果樹，堪稱十項全能的主婦。寫文章總在夜深人靜以後，彷彿是正常生活之外沒用的閒事。那時應酬多，交往的朋友多是有頭有臉的西方人，他們真誠待我，我也以赤心與他們相處，情調很是歐化。我曾喜歡華美服飾、講究儀表，下午外出穿套裝，參加晚宴必著小禮服，鞋子和手提包要配套，注意優雅姿態。我便那樣過著「在家擦地板，外出是貴婦」的日子。眾人的羨慕和讚美，頗讓我感到瞬間榮華，其實骨子裡永遠有種難以排遣的寂寞情緒。

人怕寂寞亦怕孤獨。總得找出這孤獨寂寞的根源在哪兒。而我終於找出了：那是嚴重的自我失落和文化上的鄉愁。一個人格獨立、背負著沉重的中華文化包袱的人，沒辦法過一輩子騙自己的生活。於是我決心尋找另外一個立足地，最後找到紐約，找到法拉盛，為自己選擇了一個新鄉。

在這兒我好像很自由，愛怎麼活就怎麼活。我穿球鞋、牛仔布的衣褲，布包斜掛肩膀，太陽太大時還戴一頂遮陽帽，像許多法拉盛的居民那樣，匆匆的走在街上。我生平著重風度和姿態，譬如走路時不可低著頭、眼光要平視前方等，但現在一出大門，兩眼就俯視著地面，因為法拉盛的人行道上並不平坦，一腳踩到坑裡可不是好玩的。我的親戚，就因為沒注意到麵碗大小的一個坑，扭了腳踝，竟至骨裂，上了六個星期的石膏。

法拉盛緬街上的圖書館是我的最愛，藏書雖不能算最齊全，但常常可以找到想看的書。借回家來，懶懶的靠在沙發裡，任憑自己七零八碎的肢解書中人物的靈魂，領會書裡所要表現的意圖和具有的現實意義，優遊其中，樂趣無窮。書中的「黃金屋」和「顏如玉」我早已毫無興趣，閱讀過程的快樂才是最美好的享受。

紐約華文作家最重要的組織：紐約華文作家協會，便設籍在法拉盛。會長趙俊邁精明幹練，把會務推展得紅紅火火。協會近幾年來活動頻繁，每年必召開年會，新春團拜，多次邀請文壇名家舉辦演講會。出純文學刊物，雙月刊《文薈》，主編是石語年女士，經常執筆者除夏志清、王鼎鈞、宣樹錚、趙淑俠、趙淑敏等資深作家外，也努力培植新人，辦有「文薈教室」，每期三個月，聘請文壇名家授課。今年的「文薈教室」秋季班已於九月十四日開課，報名者三十餘人。這已是第五期的「文薈教室」，設有書法、中外文學藝術欣賞、寫作技巧等課程。此屆授課師資陣容依然堅強，有阮德臣、汪班、叢甦、陳學同、施叔青等名家。

離我住處不遠的「紐約華僑文教中心」，對法拉盛的文化生活貢獻卓著，其閱覽室、教室、禮堂，為我們提供了太多便利。紐約華文作協的許多活動，如「文薈教室」、演講會、藝文座談會等，都必須借重僑教中心的場地舉行。

也許因為往昔太過勞累，現在的我特別喜好悠閒，凡是費心費力的事都不想做。不買股票、不想發財，聽聽古典音樂、看看書、上上網，偶爾寫寫東西，採買灑掃的伺候著自己。兩個妹妹住在附近，動輒三姐妹一起吃吃聊聊。兒女工作都忙，但也都沒忘記這個日漸年老的媽媽。不過我不依靠他們，生活絕對獨立。我有一群友人，看來君子之交淡如水，其實皆是可信賴的良朋。總之，我就在法拉盛過著與世無爭的淡素日子。唯一能讓我動動腦筋和心力的，只有文學圈內的事。

不能否認法拉盛有不足之處，但對像我這樣的一個人來說，便覺得她的優點遠遠超過了那些髒亂、嘈雜之類的缺點。我最大的感受是，在法拉盛這個不大不小的社區裡，可以享受一切西方式的自由，也能享受到一切西方式的物質文明，難得的是仍可保有相當部分的中華文明。而且社區內文化生活豐富，對一個用中國文字從事創作的人而言，失落感可以降到最低。

當然我也有想念歐洲的時候，特別是那些與我一同創建歐洲華文作家協會的伙伴們，和阿爾卑斯山的絕美風光。太想念時怎麼辦？我的阿Q方法通常有兩種，一是聽音樂，巴哈、莫札特、貝多芬、孟德爾頌，特別是他們的小提琴作品，最能動我心弦。再就是坐在路邊的咖啡館，飲一杯義大利式的卡布奇諾。音樂、咖啡和路邊咖啡館！典型的歐洲文化。雖與歐洲不盡相同，卻能聊慰思念。

孔夫子說：「六十而耳順，七十而從心所欲，不踰矩。」我想，他說的「順」和「矩」，不是叫六、七十歲的老人要遵守規範、禁錮本性。相反的，他是要經過漫長紅塵路，看遍人間悲歡離合，走入黃昏日暮，具有足夠反思能力、深沉智慧的夕陽人物們，能拒絕憂傷，不生閒氣、不自怨自艾，而要拿捏合度的解放心靈，找回自我，活得自在。

我正在自己選擇的新鄉裡，試著朝這個方向邁進。

紐約，不要哭泣

相信誰也不曾料到，矗立在紐約曼哈頓、具地標性作用的兩幢摩天大樓、世貿中心的所在：雙子星大廈，會在一夕之間倒塌。但是它真的塌了，僅在數十分鐘內便化為灰燼，在人們的視線中消失，留下的是濃煙慘霧，和五千多個無辜葬身廢墟的冤魂。

紐約沒了雙子星大廈，世貿中心成了歷史名詞。驚恐的紐約人無法接受這個殘酷的結果，他們嘆息、流淚、憤恨，有的壓根兒不相信有這回事！沒有雙子星那兩幢氣度昂揚的一百多層大樓的紐約，還像紐約嗎？有什麼別的建築物，能夠把紐約修飾得更像一個傲視全球、風姿獨具、大氣磅礡的國際巨都呢？

許許多多的老紐約人不能接受，我這個定居紐約才兩年的新移民也難以接受。我的居所離世貿中心不遠，步行二十多分鐘可以到達。如果在樓下的花園中散步，一抬頭就能看到其中一幢的半個身影，雖不能產生陶淵明那樣「悠然見南山」的瀟灑恬淡的情懷，倒能感到一種振奮進取的欣悅。我選擇紐約做為退休後寄身之所在，正因為喜歡它的華麗壯觀，大城風範，包容面廣、文化內涵豐富，要西方有西方，要東方亦有東方，任何民族在這兒都可找到一片屬於自己的天地。

雙子星大廈像是象徵紐約精神的兩座燈塔，看到它，你會清楚的知道自己置身紐約。它屬於紐約人，紐約人也早已把它納入生活，習慣了它。它的傾塌，讓紐約人傷心欲絕，在花園中漫步看不見它，亦讓我感到傷痛。

巨廈傾塌之日

九月十一日的紐約，是個無風無雨的晴天，早晨八點多鐘，我像平常的許多早晨一樣，人已睡醒，睜著眼睛想東想西，就是不肯起床，這時突然聽到悶悶的、甚至稱不上巨響的一聲重物撞擊聲。起先還以為是院子裡做工的機器噪音，過了片刻，才驚覺事態不對。

連忙打開電視，只見第一幢世貿大樓正在起火，奔放的紅色火舌直往上竄，然後又見到一架低飛的民航機直闖進第二幢樓的胸窩裡，緊接著的驚恐鏡頭，比所能想象的更快、更奇，濃煙烈火瘋狂的燒成一團，隨之天崩地裂的一聲爆響，兩幢一百多層、高聳入雲的雙子星，竟如融化的冰淇淋一般，先後隨著煙硝向下萎縮，剎那之間化為無物。

世貿大樓不見了，紐約已經沒有雙子星！這是怎麼回事？我連忙跑到臨街的客廳，憑窗掃視，只見街角上站滿了人群，大家的眼光都朝著同一個方向，表情無疑是茫然驚懼的。再到陽臺的玻璃門前眺望，證實那兩幢巍峨的建築確實消失了，取而代之的是沖天的滾滾濃煙。

很多朋友都知道我的住所離雙子星不遠，紛紛打電話來問安，連遠在歐洲的老友也隔海對話，兒女和妹妹們更是焦急如焚，都問我一切可好？堅固壯麗的雙子星倏地由地面上消失，手段如此恐怖殘暴，固然令我震撼，但親人和朋友們的關心，也讓我感到近乎過慮，心想：我好端端的待在屋子裡，會有什麼事發生呢？誰知還來不及想完，電話已經斷線，大樓內中央系統的熱水和冷氣也停了。

生活頓時顯得不便起來，於是我提醒自己應該儲存點青菜、水果、牛奶、麵包之類的食物，以備應急之需。何況事態已如此嚴重，實在應該到附近走走，看看究竟。大約下午五點的時候，我像每天一樣，到相隔一條馬路的中國城購物，不料才剛出門，就被警察攔住要看證件。此刻我才知道，周遭的情況有了巨變，各個路口擋著拒馬，警察認真的檢查過往行人的證件，不是這個區域的居民根本不被允許進入。街上盡是警車和救護車，私人車輛乃至公共汽車全沒了蹤影。平日市聲喧囂的紐約，變得靜悄悄的，除了警車的嗚叫，幾乎聽不見任何聲息。

華埠的主要購物街多半垂下鐵閘，經常人擠人的「勿街」，呈現出一種空蕩蕩的深沉落寞，餐館也歇了業，只有兩家點心鋪的門是開著的。既然中國食品無從買起，我便換到另外一條路上，往東河方向的美國超市走去。

街上走的盡是穿制服的警察，尋常百姓僅有我一人，我在冷清的人行道上緩緩踱著，望著漫天烏黑的濃煙，和在煙霧中時明時暗，彷彿縮減若干倍，也看不出什麼光彩，像是狀如一盞燈似的小太陽。空氣裡充滿相當重濁的焦糊味，明明應該是彩霞燦爛的晴天，卻被煙霧遮出漫漫幽暗。天災會使風雲為之變色，大自然的威力總表現在風雲雷電之間，但人為的力量竟也能製造出這幕悲涼景象，著實令人震撼。

我已無心去購買什麼，而且遠遠的已看出那家美國超市重門深鎖。此時我在心中嘀咕的是：一聲巨響、火光熊熊之後有多少生靈塗炭？紐約市有多少人在哭泣、在尋覓、在期待親人奇蹟般的回到身邊？有多少人心碎片片？常常聽到人痛斥罪惡之輩，以「野獸一般」來形容，事實上，野獸的殘忍絕不如萬物之靈的人類，野獸不會製造武器，沒有經過精巧設計的冷血殺人手法。

我頻頻的拭抹眼淚，不是哭，而是悲愴，是為人性的淪落、為人間不息的仇恨而產生的無奈和無力感。碰巧對面一位中年警官走來，我不禁為自己的眼淚感到羞恥，直到發現他也在擦眼淚時，才得以釋然。原來不分種族、性別，人性和良知，人溺己溺的精神都是差不多的。我的感觸和痛疼也是他和所有紐約人的，佛家所說的「同體大悲」，在此得到見證。

受創後的紐約

大城市的居民，在生活態度和處理人際關係上，表現得總比小城冷漠，不像小城居民那樣經常在街頭巷尾相遇，笑臉相迎，亦不像小城的戲院和教堂裡，遇到的多是熟面孔，會漸漸的由生變熱。地方太大，各人有各人的生存領域，井水不犯河水，為自己的生活忙碌還嫌時間不夠，哪有閒暇和興趣顧及他人？要大城的人不冷漠也難。

紐約是大城中的大城，內容包羅萬象，工商業和有趣好玩的場所，絕對夠資格領全球之風騷。在紐約討生活，每個人都能建立屬於自我的獨立王國，要賺錢、要享樂、要過與世無爭的私人小日子，全憑各人喜愛，沒人管你，你也管不了別人。那些每天在公路或地鐵上消耗數小時的各色人等，都活得夠累了；每個人都卯足了勁地追求自身小環境的安樂，鮮少去關心身外之事。因此，紐約人常被形容為冷漠、自私、愛錢更愛享受，具備一切大城居民的毛病。紐約人倒也不為此生氣，或故意要做點什麼來表示清高。紐約人就是這種生活態度，也許是在潛意識中自認有資格秉持這個態度吧。

紐約人真的都自掃門前雪，不會關心、不會熱情嗎？不，在必要關頭，紐約人的熱情和同情心，絕不輸給任何一個小鄉鎮的居民。雙子星大廈被毀的同時，紐約人的熱誠和愛心被激發了。數以百計的消防隊員和警察獻出了生命，一般市民以捐款、簽名、祈禱的方式來表示感同身受。街頭供著鮮花和蠟燭，住家的窗口和大小汽車插上國旗。關懷和奉獻來自四面八方，不分族裔。一向被視為表現低調的華裔，我們自己的同胞，街頭捐款，集會哀悼，商家送飲料和食品，餐館老闆忙著為警察做熱飯盒，誰都不再袖手做壁上觀，深深覺悟到自身是這塊地方的一份子，對主流社會的關懷、願意奉獻的熱心，發揮到人類美德的頂點。誰都不能再說，華裔是冷漠的族群。

雙子星大廈被摧毀，使紐約人痛惜，甚至不免有恨，但亦有正面的收穫：紐約市民的善良和同情心、愛國心、助人的心，人性的美麗光輝，毫不保留的流露出來，描繪出紐約最可愛的一面，以後有人再形容紐約時，會說：紐約是個包羅萬象的世界大都會，市民既團結又熱情，並沒有一般大城居民的冷傲毛病。

身在紐約，何去何從

若說因雙子星大廈被攻擊、摧毀，就稱紐約是個充滿恐怖的危城，是否太過分呢？但我的周圍，確實充塞著這種聲音。一些親朋好友已在討論：攻擊雙子星不過是個開端，後繼的恐怖事件將層出不窮；紐約本身雖然有說不盡的優點，外在的因素卻使它位列世界最危險的城市之冠，住在這兒總要擔著一份心思，很怕遭到池魚之殃，厄運臨頭。言談之間，已有人認真的考慮，是否應該遠離紐約這是非之地，另找安身之所。

固若金湯的雙子星，在少數惡徒的設計下，用薄薄的刀片制服客機駕駛員，令大廈瞬息之間毀於一旦，美國號稱世界第一強國，竟在迅雷不及掩耳的突襲中顯得如此狼狽，整整有五、六天，我像陷身於孤島一般，無電話、無熱水、無報紙、無信件、無法叫出租車，若非靠著電視機，與外界便完全失去聯絡，附近的街道有警察把守路口，儼然是戒嚴狀態。空氣中充滿非常時期的肅殺氣氛，而潛伏的恐怖製造者仍在暗處蠢蠢欲動，事發至今已經足足兩個星期，電話仍然不通，生活水準依稀倒退數十年，戰爭的腳步似乎越來越近。這樣的一個城市還適合居住嗎？我不免認真的考慮著。

我來紐約，不是因為羨慕美國的現代化，更非為了要跨出國門，我根本就在國外，是名副其實的瑞士華僑。論物質文明、社會福利、山水人情，瑞士都算得上舉世翹楚，一樣也不遜於美國。特別難得的是，瑞士是永遠的中立國，與戰火爭端無涉，住在那兒的現代化房子裡，正可高枕無憂的樂享太平，加之我通德語，易於溝通，生活堪稱方便。

移民美國，全出於我一己的選擇，更怪的是，雖來美國，卻不想住美國的其他城市，只想住紐約。若問我喜歡紐約什麼？彷彿一下子也說不清、舉不出具體的理由，若說一定要找出理由來，我想應該是「有容乃大」吧，紐約能包容、多樣化，每個民族在這兒都不會徹底失去自己的根，這是它最叫我鍾愛珍惜的地方。只舉個小小的例子來說，在紐約，哪怕在某個社區的一個小小的圖書館裡，都可找到英文以外的其他國語文，如法文、德文、日文、韓文、西班牙文的書籍。咱們中文書亦不靠邊站，數目不多，書往往有點老舊，但足以告慰的是，至少沒有忘記你，還擺滿那麼幾個書架。

我走過的地方不算少，從未見過像紐約這樣重視各族文化的城市。對我來說，這是它獨特魅力的所在。何況在曼哈頓中城那一帶，有寬闊的人行道可供我漫步，多樣的博物館、文娛表演、一幢幢參差有致的樓宇，都讓我喜歡。住得離中國城近，買中文書報，吃家鄉口味，皆近在咫尺。這種特殊的方便和樂趣，豈是海外遊子在其他城市能輕易獲得的呢？

每次自外頭回來，從法拉盛或新澤西的方向，遠遠的就看到那對雙子星大樓，尤其是在晚上，幽幽暗夜是背景，兩幢高聳挺直的巨廈燈火輝煌，宛若兩個亮得透明的巨柱，華麗、壯觀，落落大城風儀，令人欣悅。我把紐約比作一位面貌豔麗、儀態雍容，見過大世面也經歷過大風大浪，魅力無窮的貴婦。但我不想把雙子星大廈比成她的剪水雙瞳。失去眼眸，豈不成了瞎子！紐約這個姿態萬千、風華絕代的大貴婦，當永遠清明剔透，用她美麗的眼睛觀望世界，她是絕對不能瞎的。

雙子星大廈又美又亮、金光閃閃，是貴婦衣襟上的巨形鑽石花。如今貴婦遭劫，歹徒搶去巨鑽，還用刀子割傷皮膚。眾人為之惋惜，貴婦自身不免傷痛憔悴。但見過大陣勢的貴婦大美人，不會因此倒下，她的風華永在，不經數年，新的雙子星又將傲立於曼哈頓。紐約永遠是紐約，我真的如此堅信。所以，當人們問我是否考慮離開紐約時，我的答覆是：不會離開，我要固守。永遠的紐約城，跌倒了再站起來，不要哭泣！

輯五

難忘的人物

納蘭性德的交友與用情

「粉絲」在當下是誰都懂的名詞。影視紅星、著名歌手，所到之處都追隨著一群人，用各式各樣的舉動，表示對偶像的忠誠與崇拜，原是很普通的社會現象。但若這群粉絲追逐的對象是位作家，便顯得不太尋常，如果那個作家已經死去幾百年，就更有些特別了。

但確實有位距離現代已有些遙遠的作家，或許稱他為詩人更恰當些，至今仍有粉絲為他瘋狂，而且數目龐大、散佈廣闊，光是北京就有六、七千人，他們為他設立網站，冬天為他做冥壽，初夏在祭日追憶亡靈，秋天要去故居欣賞海棠花，當春光明媚時，免不了要藉他的名聲辦郊遊，在山巔水涯詠讀他的作品、述說他的生平。電視劇看出賣點，也迎頭趕上，胡編些故事湊熱鬧。這也就罷了，真正令人震撼的，是有位正值盛年、畢業於大學中文系的女老師，因為少女時代曾讀過一篇叫「傾城絕代佳公子」的文章，一讀鍾情而不能自拔，從此細查史料、搜尋遺蹟，遍讀詩人的作品。越了解得多，欣賞與痴迷就越深，甚至覺得眼下的濁世男子跟心中的偶像差得太遠。於是她心一橫，把自己嫁給了這位已經死去三百五十年的大詩人。

或許不需說明，熟習古典文學的讀者便已猜出，這位魅力無可取代的作家，是被稱為清朝第一詞家的納蘭性德。他的那些粉絲們，就像三百多年前他的家人和朋友一樣，稱他為「容若」。他們之中的女孩說：「嫁夫當如容若」，男士則說：「交友應像納蘭氏」。他被許多粉絲冠上「古今最完美的男人」的光榮帽子。一個死去幾百年的人竟受到如此愛戴，不能不讓人好奇，這位容若先生到底是個什麼樣的人呢？

先說當曹雪芹的《紅樓夢》刻印出版後，當時的軍機大臣和珅，忙不迭地奉呈給乾隆皇帝，乾隆讀後淡然說道：「此蓋為明珠家事作也。」「明珠」就是納蘭性德的父親納蘭明珠，根據乾隆的這句話，道光年間的名學者俞樾，在他所著的《小浮梅閒話》一書中，說賈寶玉就是納蘭性德的原型。後來研究《紅樓夢》有此論調者，即由俞樾的說法而來。乾隆和俞樾的說法也非空穴來風，曹雪芹的祖父曹寅，曾與性德同任康熙皇帝的貼身侍衛八年，交誼深厚。

此處我也稱他容若。容若生於順治十一年（西元一六五五年），原名成德，因太子小名叫保成，諱改性德。字為容若，號楞伽山人，滿州正黃旗人。他出身高貴，父系血統為葉赫納蘭氏，當努爾哈赤打敗葉赫時，站在城樓上高叫：「葉赫哪怕只剩一個女人，也要滅掉你們愛新覺羅氏」的葉赫國主金臺石貝勒，是他的曾祖父。而曾祖父的親妹妹，也就是他的親祖姑母，正是努爾哈赤的大妃。她唯一的兒子皇太極，是後來清朝的皇帝。容若的父親納蘭明珠，官做到武英殿大學士，人稱「明相」，是一人之下、萬人之上，大清國的二號人物。至於他的母親更是皇族血統：她是清太祖努爾哈赤的第十二個兒子，阿濟格正妻所生的女兒。雖說阿濟格因為親弟多爾袞被鬥而遭鏟除，然百足之蟲死而不僵，貴族的底子總是存在的。

這樣大富大貴的家庭裡出來的男孩，如果有些紈褲子弟的習氣也不令人奇怪。但一般介紹的文字是這樣說的：「納蘭性德自幼天資穎異，讀書過目不忘。」說他不但聰慧，而且愛書成性，小小年紀已把他父親書房裡的經史子集讀了個夠。十七歲時入太學讀書。十八歲參加順天府鄉試中舉人，康熙十二年的春天，容若剛考過競爭最激烈的會試，只剩下最後一關：由皇上親自主持的殿試。他卻因老毛病（寒疾）復發不能前去，而失去了機會。二十二歲時再考，以優異成績考中二甲第七名進士。在這之前已有《淥水亭雜識》等著作。二十四歲時詞集《飲水詞》問世後，形成了「家家爭唱飲水詞」的局面。他擅書法，寫一手漂亮的儲遂良體的字，也精於繪畫和書畫鑑賞。一個二十出頭的青年，文采已是這般璀璨，很難不令人懷疑，他是個整天蹲在書齋裡的啃書蟲、小老頭。

但容若的武功不比他的文才差多少。崇武是滿人傳統，容若自幼學習騎射，練彎腰、倒立、翻筋斗之類的基本功。少年時代的容若，已是射箭百發百中的狩獵好手。武功中他最精的是騎術。康熙皇帝在一次大圍獵中，被他出神入化的騎術和馬上英姿迷倒，命他到上駟苑馴了兩年馬。

這樣一位文武全才、家財萬貫的貴冑公子，他的長相如何？他的老師，大學問家徐乾學，回憶容若十八歲中舉時說：「偕諸舉人青袍拜堂下，舉止閒雅」，曹寅後來在他的詩中也說：「憶昔宿衛明光宮，楞伽山人貌姣好。……家家爭唱飲水詞，納蘭心事幾曾知，布袍廓落任安在……」

曹寅所說的楞伽山人，就是容若。從他的詩裡，我們知道容若懷有心事，崇尚簡素自然，喜穿布袍。有關這一點，容若的好幾個朋友都在文章裡提到，說他儀表出眾，對自己「若寒素」，待朋友最是慷慨仗義。容若是個最不看重門第的人，他少年時代的好友張純修（名畫家）和曹寅，先祖都是正白旗包衣出身，「包衣」的滿語意思就是奴才。滿人的階級觀念重，所以張曹二人稱容若為「公子」，而自稱「奴才」。容若聽了很是難過，誠懇的告訴他們：他們是他最愛重的朋友，要平等相處。後來他還與張純修結為異姓兄弟。上海圖書館保存的納蘭性德書簡手跡，被視為頂級文物。一九六一年，曾影印「詞人納蘭容若手簡」，是研究納蘭性德的重要資料。共收容若致友人書簡三十七件，其中二十九封是給張純修的。足見兩人相交之深。

容若沒有相國公子的驕矜和浮華，對朋友最是寬厚忠實。他的朋友中沒有王公貝勒和達官子弟，那些人來奉承他，也是被冷落在一邊。他交的朋友是一幫有文名沒錢財的漢族布衣，如嚴繩孫、朱彝尊、陳維崧、姜宸英等等，年紀都足以做他的父親，其中最年輕的顧貞觀也大他十七歲。但與他們把酒論詩、吟詠唱和，他會感到快樂。為這些窮朋友解決生活問題，是他不可推卸的責任。容若於二十二歲那年，在他業師徐乾學家認識了顧貞觀，兩人一談就投緣，相見恨晚。顧貞觀也像其他友人初見時一樣，口口聲聲稱他為「公子」。容若感慨之餘，寫了一闋〈金縷曲・贈梁汾〉給他：

德也狂生耳。偶然間、緇塵京國，烏衣門第。有酒唯澆趙州土，誰會成生此意。不通道、遂成知己。青眼高歌俱未老，向樽前、拭盡英雄淚。君不見，月如水。共君此夜須沉醉。且由他、蛾眉謠諑，古今同忌。身世悠悠何足問，冷笑置之而已。尋思起、從頭翻悔。一日心期千劫在，後身緣、恐結他生裡。然諾重，君須記。

他熱情之至，跟顧貞觀在他生還要做朋友。顧貞觀，號梁汾，江蘇無錫人。清康熙五年順天舉人。著有《積書岩集》及《彈指詞》，是位特立獨行、不隨流俗的文人，從此與容若定交。納蘭性德也因這闋〈金縷曲〉震驚詞壇，文名遠播。

容若為朋友所做的最出名的一件事，是「絕塞生還吳季子」。這人名吳兆騫，字漢槎，朋友都叫他季子，是文壇尊崇的「江左三鳳凰」之一。他狂傲不羈，常得罪人，終因仇人誣陷獲罪，被發配到黑龍江的寧古塔。充軍邊塞的人很難生還，日久之後，文友們也慢慢把他淡忘了。容若一次到顧貞觀處，看到他寫給吳兆騫以詞代信的〈金縷曲〉：

季子平安否？便歸來，生平萬事，那堪回首。行路悠悠誰慰藉？母老家貧子幼！記不起從前杯酒，魑魅博人應見慣，總輸他覆雨翻雲手，冰與雪，周旋久。淚痕莫滴牛衣透，數天涯、依然骨肉，幾家能夠？比似紅顏多命薄，更不如今還有，只絕塞苦寒難受，廿載包胥承一諾，盼烏頭馬角終相救，置此劄，兄懷袖。

我亦飄零久，十年來，深恩負盡，死生師友。宿昔齊名非忝竊，試看杜陵消瘦。曾不減夜郎僝僽（人愁），薄命長辭知己別，問人生到此淒涼否？千萬恨，為兄剖。兄生辛未吾丁丑，共些時，冰霜摧折，早衰蒲柳。詞賦從今應少作，留取心魂相守，但願得河清人壽，歸日急繙行戍稿，把空名料理傳身後，言不盡，觀頓首。

這兩闋詞和容若的許多詞作一樣，是膾炙人口的千古絕唱。容若當時看了，為顧吳兩人的友誼之深，及文人遭遇之慘而大動感情：「為之泣下數行」，決心幫助營救。但這樁冤案是當年順治皇帝御筆親批的，就連他身為高官的父親納蘭明珠也無能為力。容若為此足足奔走五年，使用數萬兩銀子，康熙二十三年，在冰雪絕域待了二十餘年的吳兆騫，終於生還北京。可是，誰會給這樣一個流放犯工作！他是有了自由卻沒了飯碗。於是，容若邀請他到家裡作弟弟揆敘的老師，解決了一家人的生計。後來吳兆騫病死在納蘭府裡。容若不僅為他辦了喪事，還派人護送靈柩回江南原籍，對吳兆騫的老母和妻兒的生活都有妥善安排。這就是幾百年來文壇所說的「生館死殯」典故的由來。

一個條件如此優越，人性又純美的相國公子，當然會有許多優秀可人的美女為之傾心。在那個男女並不平等的時代，一個男人同時擁有數個女人，被認為是合理且自然的事。那時滿州人的婚姻制度為「一夫一妻一妾」，就連貧窮的挑水伕也可納個小妾。但容若在這方面的表現是痴情、重情的。

容若於康熙十三年，娶父親同僚兩廣總督盧興祖的女兒為妻，那時女性的名字只有她的父母和丈夫才知道，一般人只知道她的姓，所以書上記載這位盧小姐時，都稱她為盧氏。

在盧氏進門的前一年，容若的父母已為他先納了一房妾。那是因為容若因病錯過殿試，心情極為鬱卒，做父母的看了很是著急，有意為他娶妻。他們早已屬意才貌德兼具的盧氏，但盧家怎肯把女兒嫁給一個病人？於是便先給容若納了個侍妾顏氏，以便照料他的日常生活。顏氏出身於滿族的小戶人家，在納蘭府的身分，就如同襲人在賈府一般。她為容若生了長子富格和三個女兒，兩人之間雖能和睦相處，卻談不上有什麼愛情。後來她索性搬出府邸，長住在納蘭家郊外的別墅裡。對於她，容若年長後曾在在詞作裡表示後悔和歉意：「少日輕狂。誤因疏起」，責備自己既然不愛她，為何要「佔伊懷抱」，貽誤了她的青春。

盧家祖籍遼寧，屬漢軍旗，盧興祖是個有學問的人，堪稱書香人家。盧氏本人於北京出生，成長於廣州，十一歲時父親病故，少女時期回到北京。在那個時代，她無疑是屬於見多識廣，受新式教育，有思想、富才學的新女性，雖不作詩填詞卻能欣賞，懂韻律，會撫琴，還做得一手好女紅。也只有她這樣的靈慧佳人，才配得上容若那樣的翩翩絕世才子。結婚時容若二十，盧氏十八，這對少年夫妻不僅郎才女貌，更是相知相愛、情投意合。後來容若在詞中多次稱盧氏為「知己」，可見兩人是何等的心心相印、融洽和諧。

他們的婚後生活，不是恩愛美滿、溫柔體貼之類的字眼足以形容的。容若那時的詩詞句子：「戲將蓮菂拋池裡，種出蓮花是並頭」，描寫的是兩人在園中荷花池畔逗趣時，對兩情相悅的美麗企盼。「為怕花殘卻怕開」形容兩人太相愛，對愛情的患得患失。「偏是玉人憐雪藕，為他心裡一絲絲」以細膩的柔情去體會愛人的深情，正是心有靈犀一點通。「露下庭柯蟬響歇，沙碧如煙、煙裡玲瓏月。並著香肩無可說，櫻桃暗吐丁香結。笑卷輕衫魚子纈，試撲流螢，驚起雙棲蝶……」這是描寫兩人在暮色中，依偎、接吻、談情的景況。三百多年前的浪漫情調，不輸給二十一世紀的戀愛鏡頭。對燕爾之悅，容若亦有熱情、大膽的回味，多情才子遇上瀟灑佳人，浪漫無垠：「自把紅窗開一扇，放他明月枕邊看」，月圓之夜，醉心於大自然之美的容若，在閨房中最纏綿的時刻，要打開窗子請月光來作證。這等的風月旖旎，恐怕也只有盧氏肯跟他配合，假如換成了薛寶釵，很可能正著顏色說道：「夫妻間理當相敬如賓……」迎面潑他一盆冷水。

歷朝歷代都是不同意王公大臣逛妓院的，滿清禁止得尤其嚴厲，但好此道者還是照樣有辦法去，這就好比現在各國政府都嚴禁貪汙，喜貪者卻仍然要貪一樣。王孫公子們逛秦樓楚館，逢場作戲，本算不得什麼新鮮事。但容若一生都沒去過，他的趣味是在自家園子裡和妻子依偎著看日落：「雕闌曲處，同倚斜陽」，或是在閨房裡像李清照和她丈夫趙明誠那樣：

「賭書消得潑茶香」。

科舉雖已考過，朝廷卻遲遲不派予職務，年輕的容若本有滿腔的報國之志，硬是全給壓了回去，心情自然苦悶。幸虧小夫妻倆傾心相愛、柔情萬般，而且容若正跟一群朋友編一套大書《通志堂經解》，日子過得還算充實。讓他們最感欣慰的是，盧氏懷了身孕。

容若已是一對兒女的爹，但那跟盧氏親生的孩子意義不同。由顏氏身上看來，彷彿女人生孩子是最簡單的事。他並不常跟她親近，但她那麼容易就有了身孕，順順利利的就把孩子生下來。容若和盧氏以為天下女性都是一個樣，兩人喜氣洋洋的等待小生命的到來。康熙二十四年的暮夏五月，盧氏在難產的情況下生下一個男孩。雖然受了苦，總算大難已過，容若也放下了心，給新生兒取名富爾敦。在富爾敦越長越好時，盧氏卻越來越衰弱，找遍名醫，都說她產後做下了病，無藥能治療，容若聽了如遭焦雷轟頂，眼看著愛妻一天天的走向死亡，卻束手無策。這年的五月三十日，也就是嬰兒生下之後半個月，盧氏終於走完了她的人生路，享年僅二十一歲。人世間她最不放心的人，就是她那二十三歲的丈夫。兩人在病榻上灑淚訣別，盧氏囑咐了容若許多話，叫他要「將息」，不要因為自己的離去而愁怨。容若則要她別忘了兩人的密誓，將來一定要重聚。

盧氏突然謝世，對容若的打擊太大，他悲淒神傷，人生完全走樣。他將折磨他的巨痛化為文字，為泣血的心找點紓解，是他在絕望中唯一能做的事。中國文壇有「四大悼亡詩詞」，其中有蘇軾的〈江城子〉和元稹的〈三遣悲懷〉，而有美男子之稱的潘安寫了三首悼亡詩，數量最多，賀鑄則因為妻子去世太過悲傷，硬是把詞牌〈鷓鴣天〉改成〈半死桐〉，表示心碎到了何等程度。

盧氏歿後，因為等待修建墓地，靈柩在一個大廟（雙林禪寺）裡停放了一年多。容若念她膽子小，常住在寺裡陪伴，他好幾闕不朽的悼亡詞作，便是在那兒死寂的長夜中含淚完成的。他也給自己取了個新曲牌：〈青衫溼遍・悼亡〉：

> 青衫溼遍，憑伊慰我，忍便相忘。半月前頭扶病，翦刀聲，猶共銀釭。憶生來，小膽怯空房。到而今，獨伴梨花影，冷冥冥，儘意淒涼。願指魂兮，識路，教尋夢也迴廊。咫尺玉鉤斜路，一般消受，蔓草斜陽。判把長眠滴醒，和清淚攪入椒漿。怕幽泉，還為我神傷。道書生，薄命宜將息，再休耽怨粉愁香。料得重圓密誓，難禁寸裂柔腸。

痴情的容若想用淚水把妻子澆醒，引她的魂魄找著回家的路，到屬於他們兩人的迴廊上。當年雕欄玉砌的相國府裡，曲折悠長的迴廊是何等模樣？我們無從捕捉，但詩人卻在詞作裡屢次提到「迴廊」：「曾是向他春夢裡，瞥遇迴廊」、「迴廊一寸相思地」、「到更深，迷離醉影，殘燈相伴，依舊迴廊新月在」、「猶記迴廊影裡誓三生」。「迴廊」是容若與盧氏戀愛時的密誓之地，也是他們來世共約再見的地方。他寫下一闋闋動人心弦、淒美悱惻的詞作，如〈浣溪沙〉：「誰念西風獨自涼，蕭蕭黃葉閉疏窗。沉思往事立殘陽。被酒莫驚春睡重，賭書消得潑茶香。當時只道是尋常。」、〈畫堂春〉：「一生一代一雙人，爭教兩處銷魂。相思相望不相親，天為誰春？漿向藍橋易乞，葯成碧海難奔。若容相訪飲牛津，相對忘貧。」成了中國文學史上創作悼亡詩詞最多、質量也最高的作家。

只用文字傾吐相思，對容若來說是不夠的，他太懷念盧氏，想看到她的人，靠著記憶描繪她的芳容，結果卻因眼淚模糊而畫不下去，於是寫下〈南鄉子・為亡婦題照〉：「淚咽卻無聲，只向從前悔薄情，憑仗丹青重省識。盈盈。一片傷心畫不成。別語忒分明。午夜鶼鶼夢早醒。卿自早醒儂自夢，更更。泣盡風簷夜雨鈴。」

正在詩人被思念折磨得痛苦不堪時，上天垂憐，重陽節前讓他在夢裡見到了盧氏。於是，容若寫下他悼亡詞中最具代表性的〈沁園春〉：

丁巳重陽前三日，夢亡婦澹裝素服，執手哽咽，語多不復能記。但臨別有云：「銜恨願為天上月，年年猶得向郎圓。」婦素未工詩，不知何以得此也，覺後感賦長調。

瞬息浮生，薄命如斯，低徊怎忘。記繡床倚偏，並吹紅雨；雕闌曲處，同倚斜陽。夢好難留，詩殘莫續，贏得更深哭一場。遺容在，只靈飆一轉，未許端詳。

重尋碧落茫茫。料短髮，朝來定有霜。便人間天上，塵緣未斷；春花秋葉，觸緒還傷。欲結綢繆，翻驚搖落，減盡荀衣昨日香。真無奈，把聲聲鄰笛，譜出回腸。

在詞中，容若痛惜愛妻的薄命，回憶往昔兩情繾綣的美好時光。夢醒人渺，倍增淒涼，容若因夢中情景的觸發，藉著笛聲杜鵑泣血般的哀悼，很是感人。

也許詩人真的相信，心愛的人忍不住相思之苦，已化身為明月，用光輝來陪伴他。這使他每見皓月當空就更添惆悵，為此他寫下〈蝶戀花〉：「辛苦最憐天上月，一昔如環，昔昔都成玦。若似月輪終皎潔，不辭冰雪為卿熱。無奈塵緣容易絕，燕子依然，軟踏簾鉤說。唱罷秋墳愁未歇，春叢認取雙棲蝶。」

「環」、「玦」都是古人戴在身上的玉石飾物，「環」為滿月，「玦」似缺月。因為容若幻想著愛妻已化身為圓月，孤零零的高掛在天上，多麼寒冷！就想用自己的所有去擁暖她。還想像梁山伯和祝英臺那樣「春叢認取雙棲蝶」，和死去的伴侶變成蝴蝶，在春天的花叢中永遠翩翩相依。

容若對盧氏的懷念無止休，在她去世三年之後，悲痛之情未減，作品中仍向妻子如泣如訴的述說相思，如〈金縷曲・亡婦忌日有感〉：

此恨何時已。滴空階、寒更雨歇，葬花天氣。三載悠悠魂夢杳，是夢久應醒矣。料也覺、人間無味。不及夜臺塵土隔，冷清清、一片埋愁地。釵鈿約，竟拋棄。重泉若有雙魚寄。好知他、年來苦樂，與誰相倚。我自終宵成轉側，忍聽湘弦重理。待結個、他生知己。還怕兩人都薄命，再緣慳、賸月零風裡。清淚盡，紙灰起。

他擔心她日子過得如何，可有個依靠？又說自己常常終宵無眠，孤絕已極，但「忍聽湘弦重理」不想續弦，因為還盼著和心愛的亡妻「待結個、他生知己」呢！

其實盧氏去世不到一年，催他續弦、為他作媒、向相府才子求親的人家就排山倒海而來。那時的習俗是正妻過世一年內便應續娶，乃因家中不能沒有主中饋的女主人。容若的父母也一再催他再婚，他卻硬著頭皮頑抗，不過另一方面自己也嘆息：「情在不能醒。」就在盧氏去世三年後的深秋，他終於在各方的壓力下，接受續弦，娶的是一等公樸爾普的女兒官氏。那年容若二十六，新娘比他年輕七、八歲。他決心努力忘記往昔，讓日子過得正常，但這並不容易。官氏雖然生得很漂亮，論文化素養，卻是連盧氏的十分之一也不如，兩人之間缺少共同語言和興趣。

容若似乎活得更不快樂了。這時他是康熙皇帝的近身侍衛，這個職務只有知根知底的滿州貴族子弟才撈得著，而且將來有機會做高官，他父親明珠就是御前侍衛出身。能經常圍繞在皇帝身邊，誰不羨慕！容若雖對皇帝忠心耿耿，卻不中意這個毫無創造性的工作。他的日子益發苦悶。與盧氏那三年水乳交融，自始至終都在靈肉激情之中的水準，不論他怎麼努力，都無法愛上官氏那樣腦袋空空、只會擺譜的貴族小姐。這時生活裡最重要的內容，就是他那群漢族的文人朋友，只有大伙聚在園中淥水亭裡飲酒吟唱時，能為他帶來歡笑。有一回，在至友顧貞觀的書桌上，看到一本手抄的詞集，詞集的主人名叫沈宛，居然是他的「粉絲」。後來那女子寫信來請他指教，兩人竟魚雁往返起來。談詩詞、論文學和人生，她的聰慧穎悟讓容若有出乎意外的欣喜。趁顧貞觀南歸返京之便，容若寫信去說這位沈氏女子「頗佳」，請他代為「留意」。顧貞觀把容若的意思轉達給沈宛，沒想到這位名震大江南北的才女歌伎，竟拋下一切，跟著顧貞觀到北京去投奔容若。沈宛是著名的超級美女，氣質靈秀嫻美，容若一看就喜歡，枯萎了好幾年的心終於復甦，他又能愛了。

高貴的納蘭府，是絕對不會接納像沈宛這樣一個女人的，容若只好「私下行之」，在德勝門內置辦一個宅院，和沈宛過著不被家庭承認的日子。兩情雖相悅，壓力卻是重如泰山。納蘭性德這位天潢貴胄的錦繡男人，從來不乏叛逆精神，已決心擺脫一切濁世羈絆，帶著沈宛到江南隱居。不料這一切還沒安排妥當，事情就起了大變化。五月下旬的一天，他和顧貞觀等幾位好友聚於淥水亭，以湖岸上的兩棵夜合歡樹為主題，像以前一樣喝酒、賦詩吟詠。但當天晚上容若突然「寒疾」復發，連著七天發燒而「不汗」。康熙二十四年五月三十日，他丟下這個帶給他痛苦的世界，和他放心不下的人，絕然離去，不足三十一歲。臨終前，容若仍念著盧氏：「……此情已自成追憶，零落鴛鴦，雨歇微涼，十一年前夢一場。」十一年前的甜蜜戀情，是他永生的追尋，他終於要去找她了。稍稍讓人為他感到安慰的是，他完成了與盧氏同月同日死的心願，相差八年，都是五月三十日。

幾個月後，沈宛產下遺腹子富森，納蘭家留下孩子，驅逐母親。沈宛懷著滴血的心返回江南，依靠著與容若的綿綿不盡之情，悲淒度日，用筆寫下了她的刻骨思念。她出有《眾香詞》和《選夢詞》兩本詞集，得到很高的評價。納蘭家嫌她身分微賤，不予承認，卻管不住後人的筆。一些文評家們直接稱她為「納蘭婦」，清代文人謝章鋌在《賭棋山莊詞話》裡說：「容若婦沈宛，字禦蟬，豐神不減夫婿……」

乾隆二十六年，皇帝為太皇太后辦七十壽宴，請了許多七十歲以上的老人。沈宛生的那個叫富森的遺腹子也在座，他鬚髮白如霜雪，年已七十六歲。

紅塵孽海，浮生淒迷如夢，生死之限本難界定。容若的肉身雖已消逝三百多年，他的詞作仍繼續傳誦，留給人間無限的優美婉約和感人肺腑的至情。他證明了文學和一個文學男人的魅力與不朽，也證明了唯有真正的美與善，能在人間逐世長存。

也許納蘭性德並沒有真正死去，文學讓他永生。

懷念文壇的大姐們

回憶要追溯到半個世紀之前了：儉樸的社會，半田園風貌的市容，沒有電視和電腦的生活，青少年的娛樂是看書、讀報紙副刊，頂多偶爾看場電影。

我曾是文學青少年，中學時代就有個祕密志向，希望有天能成為作家，但又不知從哪兒開始，心中頗有焦急之感。報上常出現的女作家們的名字：張秀亞、林海音、孟瑤、潘人木、王琰如，都是我羨慕的對象，偶爾亦會迷迷糊糊的做起白日夢來，覺得自己將來也能那樣：大篇的文章登在副刊上，作者的屬名正巧和我的名字完全相同。那時我一點也沒想到，在後來的歲月裡，這些我尊稱為「大姐」的文壇前輩，都或多或少的與我有了往還，她們在我的文學生命裡，也都扮演了一點角色。

張秀亞（一九一九～二〇〇一）

張秀亞女士於二〇〇一年去世，如今她的全集已經出版，共厚厚的十五大本，當然是華文文壇的大事。春光三月在臺北舉行了新書發表會，深秋季節，紐約又連著兩個周末，舉行了張秀亞女士文學紀念會。我應邀成為四位主講人之中的一個，因而把她的全部著作瀏覽了一遍。

張秀亞十四歲開始文藝創作，高中時代跟父親要了三十塊大洋出版《大龍河畔》，還曾上北京拜訪她心目中的偶像作家凌淑華。出道極早，是既有天分又得家庭培植的文學作家。她從事寫作六十多年，出版物逾八十餘本，範圍包括小說、散文、翻譯、評論、詩等五種，其中以散文成就最大。她是一九四九年後，活躍於臺灣早期文壇的重要作家之一。

我只見過張秀亞四次，雖然她是我最早認識的文壇大姐。那時我休學在家養病，進入生命的黑暗期，苦悶難忍之餘，心中最掙扎的是怎樣拯救自己。一位常來家中聊天的長輩李阿姨，有次說起與張秀亞女士相熟，願意帶我前去拜訪。彷彿是個初春的早晨，秀亞大姐的竹籬小院裡已是有花有樹，一片鮮活。李阿姨介紹說我有志寫作，請她給些指點。秀亞大姐說了不少話，我最記得的是，她對寫作提出了兩個原則，一是寫內心深受感動的印象，一是寫自己深刻知道的事，並建議我寫日記「練筆」。我很相信她的教誨，真的就寫起日記來，數年間寫了厚厚的七、八大本。出國時因無法攜帶，竟一把火燒了。

張秀亞氣質很雅，是虔誠的天主教徒。大約在初見的兩、三年後，我的一個朋友皈依了天主教，要正式受洗，請張秀亞做她的代母，我也去教堂中觀禮。那天張秀亞給我的印象可以用「震撼」來形容。只見她雙目微閉，兩手交握在胸前，對旁邊的景色、人物視若無睹，除了和主持的神父輕聲交談了兩句，與其他任何人都沒有打招呼，包括我在內。她的精神似乎完全浸入到另一個世界之中，正在與她所信仰的神做深度的對話交流。那是我第一次體會到，信仰可以使人如此投入。

再見她的兩次已是一九八〇年代。一次是林海音大姐請我吃飯，在座的四、五位文友中，有王藍先生和張秀亞大姐。我問她一切好嗎？她很肯定的說：非常好。雖然兒女都去美國了，但她有學生、有文學創作，並聲言永不停筆。所以，她不寂寞。她還很知心的跟我說：「你那時候想當作家，我不就跟你說：『寫作是很寂寞的事。』現在你體會到了嗎？」我說：「體會到了。那時候在臺中想寫作，是因太孤絕、太寂寞。現在也一樣。」

張秀亞大姐與我有另一層關係。我先伯父與她的大伯于斌主教是同學，而我先父認識她丈夫于犛伯先生，我稱他為「于叔叔」。印象中于叔叔能說善道、出語幽默，是一個容易給人好感的人。但他卻離家出走了。秀亞大姐沒有怨言，雖然早期的作品裡有自怨自艾的痕跡，一九六二年寫作之路完全暢通後，便走了出來。她曾說過：「一個有生氣的靈魂，總是向上掙扎的，如果過去的生活失敗了，就用正義、光明、愛與真理的信仰，繼續和苦難搏鬥，追求生命另一次的洗禮。」她這樣想也確實在這樣做。隨著歲月的奔馳，她的人生智慧更形成熟。「在文藝的聖火照耀下，我是不想退場了。」她說。文學給了她新的生命。

張秀亞是一位天生的作家，一生用在寫作上的時間最多，對文學有最深的投入和愛。而且她後繼有人：喻麗清就曾以〈北窗下的牧羊女〉一文說明她與張秀亞之間的師承關係。男作家蕭蕭，是張秀亞的學生，自稱是嫡傳弟子。另一散文女作家呂大明更是奉張秀亞為師承，並將她比作希臘的偉大女詩人莎孚，和美國女詩人艾米莉・狄金森。

張秀亞在文學史上被定位為美文大家是應該的。一位成功的、有自己人生哲學的作家，必定有個性和思想，有自己的品味和堅持，感情上受苦是常事，這甚至是成就一個作家的有利條件。太順暢平坦的人生難以產生深刻。婚姻不順，是女作家中常有的情形。

好母親與好作家，兩者看似難以兼得的身分，她做了最好的融合。張秀亞的一生過得很充實。

孟瑤（一九一九～二〇〇〇）

拜訪秀亞大姐之後不久，我又去向孟瑤女士登門求教，是一個同學陪同我去的。她的父親和孟瑤都在臺中師範教書。我讀過孟瑤的許多作品，包括在《中央日報》「婦女周刊」上發表、轟動一時的〈弱者，你的名字是女人〉。

見到她後，沒寒暄兩句話，我就忙著問：「要寫一本二十萬字的長篇小說，得怎麼動手？」孟瑤女士聽完，愣了一愣，問道：「你這樣年輕，就想寫長篇小說！還不到時候吧！」記憶中孟瑤女士身材高大，但說話輕聲輕氣，彷彿不善言詞。她接著又告訴我：寫小說不是那麼簡單的事，需要生活經驗，更要有成熟的思想。她叫我要多讀多看，先寫短文章，「要寫自己最熟習的事」。她的態度極誠懇，令我十分感動，但我猶疑了半晌，還是沒有勇氣告訴她：我已動筆創作長篇小說，且已寫了十多萬字，內容恰好是我一點也不熟習的事：主角是海盜。

那之後，我連著幾天有不安之感，覺得寫小說的事不該瞞著孟瑤，經過一陣矛盾與掙扎，我決定獨自去找她，告知此事。她聽了很好奇也很訝異，問我為何上次沒提？我說寫得不好，難拿出手。她又說寫作是一件很愉快的事，為何在我看來竟是如此悲情？我沉吟了一會，才訥訥地說：「楊老師，我寫文章是為了救自己，急著想找個出路。」說著，眼淚也跟著流了下來。孟瑤女士本名叫楊宗珍，我便叫她「楊老師」。她越發吃驚，問了我一些情況，最後說道：「這樣吧！既然你已經寫了那麼多，就把它寫完，然後拿來給我看看。」

我像靈魂經過一場洗禮似的，懷著滿腔激動離去。我的小說完成了，自知太幼稚，見不得人，沒有勇氣拿給孟瑤女士看。正猶疑間，忽見報上有中國廣播公司招考播音員的廣告。我便不聲不響的到臺北去報考，到了臺北才知道，正聲廣播公司也在「徵才」，只招一名：一星期工作六天，五天做編輯，編寫廣播劇，星期天擔任播音。要求的條件是：「能說純正國語，並能創作廣播劇」。

憑我的一口國語和那些羞於示人的作品，居然兩家電臺都考取了。因為正聲可以在女職員宿舍裡為我加一張床，我就選擇了正聲。從此便離開了臺中，開始了職業婦女的生涯。臨走前，沒去向孟瑤女士道別。那年我不滿二十一歲。

一九八幾年回臺灣，林海音大姐在一旁無人時，跟我提到這件往事：「孟瑤說你長得很秀美，樣子憂憂鬱鬱的，談著話就哭了，說寫文章是為了救自己。她擔了好大的心思，一直等著你拿小說給她看，可是你就沒消息了。還說她看你現在很幸福，寫作有這麼大的成就，很替你高興。」我慚愧得半天說不出話來，海音大姐又說：「孟瑤特別囑咐我，這話別對外人說。我連對女兒都沒說。」「那時候我太年輕，把命運不好看成是丟人的事，而現在我生活裡的三件大事：第一是全力呵護兒女，將他們扶養成人。第二還是救自己，把精神投入到寫作上，不許自己消沉。第三是在海外推展華文文化，做有意義的事。總之，絕不自憐自艾，拒絕做到處訴苦的小女人。」海音大姐見我的話說得那麼陽光燦爛，嘉許的笑道：「那就好。」

那天我回去深深自省，知道當年不辭而別的態度實在不對，雖說以我那時的想法，認為理由充足：海盜小說終究荒謬，無法拿給孟瑤看，再就是對她流過眼淚，太丟臉，羞於再見。說穿了，全是為了面子。我為當年的幼稚感到慚愧，決心寫封信給孟瑤：整整的三頁，仍稱楊老師，寄到臺中的中興大學，信封上標明是「趙淑俠緘」，但沒收到她的回函。我曾為此悵然，念叨著她是沒收到信，還是仍見怪我當年的失禮與糊塗！

孟瑤於二〇〇〇年去世，享壽八十一歲。她的小說：《心園》、《孤雁》、《藍雨》、《梨園子弟》等等，都純情溫柔，關注社會大眾的生存狀態，筆調典雅，可讀性強。她屬於著作等身的作家，質與量都豐富，文字灑脫，走寫實路線，對那個時代的文學創作不無代表性。文壇的研究學者們，似乎該多給些關注。

王琰如（一九一七～二〇〇五）

與王琰如大姐的相識，又牽涉到我的另一段人生。那時我已是年輕的職業婦女，原在正聲廣播公司做「編輯兼國語播音員」。少不更事，認為寫那種婆婆媽媽的廣播劇，離我要追求的作家夢太遠，編撰迎合客戶要求的商業廣告，更是如同受苦刑一般，心情十分黯淡，人也日漸消瘦。這時曾聲言不再管我「閒事」的父親非常心疼，又開始管我了。他認為廣播電臺的工作「不夠正式」，事多工資又低，非換個較「正式」些的工作不可，便託人把我送進當時臺灣最大的銀行（臺灣銀行）的總行做一名職員。於是，我就這樣走進了重慶南路的臺銀大樓。

不料，銀行文化更令我感到格格不入，痛苦的程度尤勝於編廣告，因為要算帳，而我生平最怕也最厭惡的事就是弄數目字。父親從不了解他的女兒，更不知道她經常算錯帳目，還告訴我：「找到這個職位可不容易。你要好好的做，將來會有機會升上去的。」我的頂頭上司也曾勉勵：「你年輕聰明，好好做，會有好機會。」我姑且聽之，心裡想的是：「如果我的一生就這樣過去，是不是太悲哀了呢？」

我憂鬱得好像日子快過不下去了，沉沉默默的，和同事間亦沒什麼互動，看人家過得紅紅火火，我一點也不羨慕，決心要重新塑造自己：拜了教國學的名教授高明先生為師，學習詩詞歌賦，另拜一位吳老夫子學畫，不許自己繼續消沉，要奮鬥出一條新路來。這時旁邊的人都不知道我在搞些什麼，只有一位叫汪衍生的較年長的同事，注意到我是個「文學女青年」，有天便主動來我的辦公桌前談文學。其實我早知道他是寫新詩的作家，筆名亞汀，行裡的一些同事常會用帶點輕蔑的口氣說「看不懂」他的詩。老實說，我也不能完全看懂他的詩，但我肯定一個詩人的崇高價值，更何況交談起來，到底有些共同語言。我說我已無意走寫作的路了，畫畫、讀讀古典文學也不錯。詩人亞汀也未置可否。大約一個月後的一天，他帶著一位女士到我座位旁，說：「小趙，快叫大姐。王琰如大姐是《暢流月刊》的主編。」我站起身來，叫了聲大姐，隨意交談了幾句。亞汀又說：「小趙喜歡寫作，大姐給她指導一下吧！」

琰如大姐朝我上上下下的打量一遍，表情彷彿不很熱絡，臨別時淡淡的說了一句：「寫了文章可以寄給我。」她的態度讓我頗感失望，寫作的興致越發低落，過了很長的一段時間，才寫了一篇名為「鄉居閒情」，強說愁式的散文，抱著獻醜的忐忑心情，寄到暢流月刊社。想不到，很快就被登出來了，這對我當然是莫大的鼓勵，接著又寫了兩、三篇散文，漸漸的都被發表。

琰如大姐那時是婦女寫作協會的常務理事，她介紹我加入婦協做會員。最妙的是，她事先並沒有告訴我，是後來才寫信通知的。一九六一年我已人在國外，婦協出版《婦女創作集》，琰如大姐還把我在《暢流》上發表的一篇散文〈馬車〉，給收了進去。那是我生平第一次文章被收進書裡，自覺依稀有點作家的味道了，心中自是喜悅，但事先對此也是不知情的。

我對琰如大姐，從一開始就存了個面冷心熱的印象，直到她在利比亞時，主動的給我寫信，我們便通起信來，這個印象才慢慢淡化。在離開利比亞之前，她說要取道瑞士來看我，將帶給我一朵我從沒見過的「沙漠玫瑰」。那時我的環境較好，年紀也輕，具備招待客人的條件，滿心的預備接待這位大姐光臨。但最後她因無法取道瑞士，由另一條路返回臺灣，也就沒見成面。

我步入文壇之後，曾數次回臺，或開會，或料理出書的事，雖來去匆匆，參與的文化圈聚會卻是不少，怪的是，竟沒有任何一次見到琰如大姐。現在想想，自從在臺灣銀行時代認識之後，便沒碰過面。也算是樁遺憾呢！

林海音（一九一八～二〇〇一）

海音大姐是臺灣姑娘，別人來臺是渡海避難，她卻是回娘家，一九四八年就到臺北了。她與秀亞大姐一樣，生長在比較新式的家庭，文學天分得以正常發揮。據知海音大姐的父親去世得早，她在很年輕的時候就做了記者，同時還照顧母親和弟妹們的生活。她非常堅毅果斷，善於體貼人、關懷人，樹立了真正的大姐風範。海音大姐的成就不僅限於文學創作，她也編文藝副刊，擔任《聯合報》副刊主編達十年之久，並自創《純文學月刊》和純文學出版社，而且都做得有聲有色，處處顯出她的能幹。

海音大姐做聯副主編那十年，提攜了無數的青年作家。可惜我出國早，沒機會向她請教。大概是一九八四年左右，海音大姐到倫敦，那兒有個旅英學人辦的刊物《亞歐評論》，舉辦三周年慶祝會，特別把我從瑞士找去做會議的主講人。正巧海音大姐隨一個文化團體去到倫敦，因此得以相識。會後與海音大姐坐在一起談天，我便說出這樁遺憾，她說：「是呀！如果你沒在國外這些年，文壇上早就有趙淑俠了。」但後來我的長篇小說《賽納河畔》連載時，海音大姐主動向我邀稿：「這本書，純文學幫你出。」我自然是感激又感動，覺得這位大姐確實想為我做點什麼。

這以後我每次回臺，都會見到海音大姐，她必定請我吃飯，曾在她家吃火鍋，看到她收集的各式各樣的小象，我還送過她一隻在東歐買的。有時我們在外面的餐館會面，多半請兩、三位文友作陪，一塊兒聊文壇的事。好幾次是海音大姐、齊邦媛姐和我，三個饞嘴一同去吃「鼎泰豐」。因為喜歡那裡的點心，排隊等一會也認了。付帳的「任務」，永遠是她們兩位負責。有次我說「讓我做一次小東吧！」，兩位大姐堅決不允，都說：「在臺北怎麼輪得到你做東？」

海音大姐的能力和魄力在女性中都是不多見的。她經營的純文學出版社聲望卓越，卻也耗盡了她的精力。一九九五年，海音大姐已七十七歲，健康情況不如以往，實在無力繼續經營，便決定停業；方式是將庫存的書捐給圖書館和學校，作品的版權歸還作者，多餘的存書也送給作者。投下的資金全不考慮，出版社就這樣帶點悲壯意味的結束了。這當中所展現的見識和魄力，是許多男性都難以做到的。

海音大姐氣勢恢宏，絕無一般女性的婆婆媽媽，但她筆下細膩，特別是描寫早期女性不幸生活的小說，充滿溫柔與同情，流露出女性特有的婉約。

海音大姐端麗中有威嚴，一眼看上去就給人有福氣的印象。她的一生也確實過得幸福美滿，我曾去過她家數次，見她與何凡先生之間的互動，真是和諧美好、充滿默契。她的二女兒祖麗和女婿張至璋我甚相熟，一家人全跟文學有關，也都過得稱心如意，難怪很多文友說羨慕海音大姐。

潘人木（一九一九～二〇〇六）

潘人木大姐與我的交情是另外一種，與她的幾次相見，似乎只有一次是因為海音大姐宴請文友，她也在座。其他的幾次見面，則是在校友或同鄉相聚的場合。

潘人木大姐與我既算同鄉又算校友，雖然她是出生在瀋陽的「正港」遼寧人，而我是出生在北平，到一九八二年才初次踏上故鄉土地的「冒牌」黑龍江人，但我們都是東北人。此外我們都曾讀過一個叫「國立東北中山中學」的學校，她在二次大戰前已經高中畢業，我則是戰後才入學，中間隔了一長段時間，無由相見。不過東北人最重同鄉，「中山人」又永遠不忘校友，所以幾乎每次回臺北，我們都會見到。

潘人木和張秀亞很相似，亦是很早就顯露才華，又得到家庭的鼓勵，走上文學創作之路是很自然的事。生於新舊文學交替的年代，潘人木幸運地能靈活運用文言文與白話文，這須歸功於她父親的支持。父親要她用文言文寫狀紙以練習筆力，知道她喜歡閱讀，總是到處借書以解她的渴望，既使是風雪交加的夜裡，為了借一本新書，父女倆仍不辭辛苦地踏著積雪去到朋友家中。因此，潘人木在少年時代，就讀過很多新舊文學書籍。

潘人木大姐也屬於一九四九年後，大陸來臺的最早期作家，記得一九五〇年代初期，就在報章雜誌上讀到她的作品，印象最深的是《蓮漪表妹》。我對她作品的感覺是爽俐、明快、富幽默感、可讀性高。這些心得是後來梳理、歸納出來的，在接觸她作品的初期，我連這些概念都還沒有，只知道很愛看她的小說。

潘人木擅長小說創作，數量卻不豐富，僅有四種：《如夢記》、《蓮漪表妹》、《哀樂小天地》、《馬蘭的故事》，可說質精而量少。她認為文學創作是件嚴肅的事，不肯輕易動筆。她作品的內容多描寫一般社會大眾，如小城平民、公教人員和學生等，人物到了她的筆下，就栩栩如生，十分傳神。

潘人木的另一喜好是兒童文學，為孩子們編了上百冊的讀物，後來就索性自己寫，對兒童文學貢獻極大。

說到此處，我便很自然的想起一位「大哥」：《傳記文學》的創辦人劉紹唐先生。劉先生也讀過中山中學，是潘人木大姐的低班學弟，因此與我也有校友關係。我對他的稱呼是

「紹唐大哥」，稱他夫人為「大嫂」。每次回臺，紹唐大哥、大嫂必會邀些相關朋友，設宴招待，大吃一、兩頓。最常在座的有梁肅戎叔父，齊邦媛、潘人木兩位大姐，和幾位「中山」的大學長。我則由妹妹淑敏陪著同去，坐滿一張大大的圓桌。紹唐大哥喜歡喝兩杯，小酌之間親切閒聊，氣氛溫馨感人。劉紹唐大哥慷慨重義，是性情中人，自他故去後，這樣的集會不復再現。

就是在這類場合，我與潘人木大姐逐漸相熟起來。我對潘大姐的印象是爽俐、親切、自信、文如其人。她愛護比自己年輕的文友，每次見面，她必先誇「長得好」，接著又讚美文章，還說喜歡讀我的小說，「拿起來就放不下」等等諸多鼓勵。自己文章寫得那麼好，還不忘讚美後進，真正是大作家胸懷，其人其事，令人永遠懷念。

琦君（一九一七～二〇〇六）

一九九一年的秋天，我遠從瑞士飛到洛杉磯，出席第二屆海外華文女作家年會時，初次與從美國東岸來的琦君大姐相識。她見到我的第一句話是：「你那篇〈文學女人的情關〉我看了，分析深刻，寫得好。『文學女人』四個字最入木三分。現在這個名詞已經很常被引用，將來會流傳下去的。」她笑容溫婉、態度誠懇，說著一口調子清揚的浙江口音的國語，讓我感到像讀她的散文一樣，溫馨、柔和、充滿感情。

我聽了她的肯定，自是欣喜，說：「請大姐多多指教。」後來又曾兩度交談，話並不多，但能感到她言詞中的溫暖和誠意。她鼓勵我多寫文章，尤其要寫小說，說她愛看我的小說。我也誠心的回應，說一定好好的創作小說。自那以後，我與琦君大姐之間，一直保持著細水長流式的、淡淡的來往。但我並沒有寫小說，就連散文和別的什麼也很少寫，原因是心亂，定不下神來寫作。

我一生的遭遇也不算平凡，黯淡離奇之處也不是「不幸福」之類的話就能形容的。但我對自己夠硬，從不讓情緒外露，更不向人訴苦或埋怨命運，雖然早已認識命運如何殘酷。青年期修養不夠，曾被形容為「笑容裡也有憂鬱」。到中年後，已經歷過那麼多人生苦難，讀過成堆的哲學、文學、宗教學的書，柔腸百轉、深思千遍之後，終於能做到逆來不順受，但也不怨、不恨、不偏激，坦然面對人生的境界。當然，要跨越這一步十分艱難，需要力量和智慧的支持，需要走過大段的荊棘路。途中有掙扎、沮喪、軟弱等種種障礙，必須用最大的毅力去抵抗情緒低落與愁苦。那段時日，確是我生命中的又一黑暗期，我失眠，注意力無法集中，更無法寫作。很多文友問我為什麼不再寫小說？我也說不出個所以然來。

一九九六年《世界日報》「小說世界」的楊蔚齡小姐，往瑞士打電話，邀我寫個短篇小說，我咬著牙控制情緒，寫了一篇不到兩萬字的〈美女方華〉，於當年十二月二十七～二十九日，分三次在臺灣島內和美國《世界日報》同時刊登。結果引起好評，被選為「爾雅」版的《八十五年短篇小說選》的十三個短篇之一，而且這篇小說，至今還在網絡上流傳。

我真正要說的是，琦君大姐看到了〈美女方華〉，寫了一張卡片到瑞士，稱我為「淑俠賢妹」，說這個小說令她讀之「低迴不已。生老病死原是人生無法改變的規律啊！」還說我應該繼續寫小說，不要間斷，諸多嘉許和鼓勵，令我極為感動。但我那時都不給誰寫信，就像幾十年前對孟瑤女士一樣，莫名其妙的就沒了消息。直到一九九八年遷居紐約後，在文藝集會中與琦君大姐見面，我向她悄聲說因為那陣子情緒惡劣，無心提筆，請她原諒。她還是那麼和善，叫我別放在心上。

紐約的文化活動不少，琦君大姐住在新澤西，來一趟很不容易，不可能每有活動都來，只能偶爾見一面，但每次相見，她總是一樣的和靄可親，讓人感到溫暖。後來琦君大姐的腿疾日重，別說來參加活動，連料理日常生活和去醫生處看病都有困難，見面也就更不容易了。

琦君大姐終於選擇臺灣作為頤養天年之地。她們夫妻返臺之後，紐約的文友仍常聽到有關她的消息，但她的離世，仍令我感到驟然和悲痛。

這幾位大姐們，在六、七年間相繼去世，永遠的離開了我們。雖然她們都得享高年，也都為人間留下了優美的作品，但無情的永別總是令人傷懷。想起她們盛年時的風采、出類拔萃的耀目才華、彷彿永遠也不會老去的活力，和追求理想的執著，讓我深深感到一種叫不出名目的無力感，嘆喟人生何其有限之餘，不禁潸然淚下。

紅塵道上的文學男女

我創造了一個「文學女人」的名詞，沒想到這四個字被廣泛流傳，而且引出了「文學男人」一詞。緊接著「文學男女」的說法也出現了。我差不多變成了這方面的專家，隨時隨地都可能被要求談談與其相關的問題。

翻開文學史，二十世紀的下半段以前，不論中外，文壇的佼佼者的名字皆是男性，女性只佔極少數。理由很簡單，以前的男女教育不平等，女性縱有才華，也無創作文學的能力和環境，但把少數的女作家和大量的男作家，放在一個顯微鏡下仔細觀察，特別是在往昔的古老中國，儘管男性可以自由自在的優遊山林江湖，見多識廣，女性只能藏身於深閨，活動範圍比男性小得不成比例，仍可發現這些文學男女，在本質上其實是非常一致、十分相像的。他們都是不甘隨波逐流、厭惡庸俗、易感多思、至情至性的性情中人。

南唐中主李璟曾問詞人馮延巳：「吹皺一池春水，干卿底事？」原籍德國的瑞士作家、諾貝爾文學獎得主赫曼．赫塞曾坦言說：他的心裡有個「風暴地帶」，常常颳起風暴。這就恰恰說到了重點，一個真正的文學人，一定是「吹皺一池春水，干我的事」，而他的內心深處，常常有那樣一個欲罷不能的「風暴地帶」。「干我的事」和「風暴地帶」，最是文學創作取之不盡、用之不竭的靈感活泉，是文學人文思產生的根源之地。這一點對一個文學創作者異常重要，也正是他們與一般人不同之處。

文學男女並不一定是行為大膽的人，也不一定就憂愁或故作瀟灑，他們的特點是具有豐沛的感情和豐富的想像力，能從一灘水想到汪洋大海，由一棵樹極目茂茂山林，對一般人無甚意義的尋常事，都可能給他們造成震撼，像吹皺一池春水這樣微不足道的小小景態，對一個文學人來說，已足以激起內心深處的靈性撞擊。加之文學男女對美的追求，不管是有形還是無形的，都有個人的標準和執著，忠實的抱持理想，為此當然不免要付出代價。說穿了，這便是為什麼古今中外的文學男女，往往有看來悲情或淒豔的人生，留給後世不絕的浩嘆的主因。

德國作家湯瑪士．曼的《威尼斯之死》，主角是個教藝術史又寫敘事詩的作家，一個「文學男人」，他喪妻後獨自到威尼斯度假，見到一個外型美到極點的十四歲波蘭男孩，他感嘆道：「這不是自然界的塑造，也不是造形藝術至今所能創構的宏偉巨作。」他竟被這人間難見之美所懾服，忘了年紀、身分、性別，深陷情網而不能自拔，最終以身殉美。

生命之美、思維之美、文字之美、形體之美等等，古今中外的文學男女一向勇於追求，並在追求過程中留下連篇佳話，使後世屢說不厭、深感迴腸蕩氣，在文學史上留下不朽的名字。

西漢的卓文君，生於公元前一七九年，年輕守寡住在娘家，和有才氣的司馬相如一見鍾情。那時的社會規範，女性足不出戶，婚姻大事由父母親決定，但卓文君卻和她所愛的男人，私訂終身並相偕出逃。他們一同度過許多甜蜜的日子，後來司馬相如想娶茂陵女子為妾，卓文君聞之氣憤傷心，寫了一首〈白頭吟〉：「皚如山上雪，皎若雲間月。聞君有兩意，故來相決絕！」其實在那個時代，男人是可以擁有三妻四妾的，但卓文君不肯追隨流俗，要求雙方感情絕對專一，所以「寧為玉碎」，假若丈夫非娶妾不可，她就要「相決絕」。那個時代的男人，認為娶妾是正常的合理行為，正室夫人無權抗議，多半不會理睬。然而，文學男女終究是文學男女，司馬相如讀了卓文君的〈白頭吟〉，憶起當初的海誓山盟，立刻回心轉意，兩人果真相守到白頭，足見兩人都是有情有義的性情中人。他們雖是兩千餘年前的人，對愛情的要求和執著卻和今天無甚差別。這說明了「情」字在文學男女的心中是至高無上、超越時空的。

說李清照是中國第一個文學女人，我想沒人會反對。的確，論才情、成就，或個性的豪邁灑脫、聰明穎悟，她都是頂尖兒的，雖然在丈夫趙明誠死後，她孤苦伶仃的在戰亂中流浪，與許多其他有才情的女作家相比，仍算是幸福的。因為她曾經有過圓滿甜蜜的夫妻生活，與丈夫趙明誠之間相知相惜，有共同的語言和興趣，在他們的兩人世界裡，有過最美好的青春歲月。李清照比趙明誠文才高，是廣為人知的事，難得的是趙明誠不但不嫉妒，還經常買紙買筆回來，鼓勵她寫作，還為自己有個才女太太而感到驕傲。

趙明誠是太學生，金石考據家，富有文才，夠資格被稱為文學男人。根據〈易安居士事輯〉記載：「易安性強記，每飯罷，與明誠同坐，烹茶、指堆積書史，言某事，在某書，幾卷，幾頁，幾行，以中否決勝負，為飲茶先後，中即舉杯，往往大笑，茶傾覆懷中，反不得引而起。」從這段記載看出，他們的日子過得何等豐富多彩，加上李清照自知貌美，常要撒撒嬌，譬如她寫道：「賣花擔上，買得一枝春欲放，淚點輕年，猶帶彤霞曉露痕。怕郎猜道：奴面不如花面好。雲鬢斜簪，徒要教郎比並看。」從這些跡象便可看出，這對文學男女夫婦，有過多麼飽滿的人生。趙明誠死後，李清照傷痛逾恆，寫下了許多千古至文，流傳至今。

看看也是才女的東漢的蔡文姬，被擄於匈奴，親子生離，哀痛之餘，寫下感人肺腑的〈胡笳十八拍〉和〈悲憤詩〉，還有東晉時代，被譽為具「柳絮才」的大才女謝道韞：謝道韞為謝安石的姪女，嫁給王羲之的兒子王凝之，結果是謝女恨丈夫庸碌、不解風情，曾說過：「不意天地之間，乃有王郎。」因恨丈夫傖俗，連天地也怨，足見其生活痛苦。比起她們來，李清照實在算是太幸運了。

當然，在中國文學史的長河裡，我們還可以找出一串文學男女的名字來，曹植和甄宓的故事至今仍是個謎，也留下謎樣朦朧的美麗，〈洛神賦〉中對女性形態之美的描述：「翩若驚鴻，婉若遊龍，榮曜秋菊，華茂春松」的華麗詞藻，發揮到文學美的制高點，為後世不斷引用。

若說從作品中就能讀出一個文學男人在情上的深情摯愛，我認為唐代李商隱的詩句：「身無彩鳳雙飛翼，心有靈犀一點通」、「春蠶到死絲方盡，蠟炬成灰淚始乾」等等，是最具代表性也最感人的。

二十世紀的前三分之一段，在中國文學史上是個空前興盛、充滿創造力的時代。五四新文學運動以後，作家們開始以白話文創作文學，在作品裡大膽描寫愛情，鞭策舊禮教，反對家庭包辦婚姻。作家們不但在作品裡表現他們的思想和感情，對自由戀愛的嚮往，乃至在實際生活上，也不顧社會的約束和輿論，而身體力行起來。如果我們要找一位，最能代表這一時代特色的文學男人的話，第一個選樣恐怕非徐志摩莫屬。

遍觀三〇年代作家，無論才華、氣質、外貌、性格、待人行事、對美的崇拜，或在追求愛情上所表現的執著、勇敢，徐志摩都有他獨特的格調，算得上是文學男人中的文學男人。

徐志摩把他所有的情與愛都獻給了陸小曼，為她寫下許多動人的詩篇、日記和信：《愛眉小札》。他們終於結合，結局卻非常悲慘，陸小曼的生活方式墮落，徐志摩被朋友們認為已經墜入痛苦的深淵，難以自拔而絕不值得，但徐志摩本人始終此情不渝。

林徽音被認為是美慧才女的極致，使愛過她的男人永遠嘆服，無法再真正愛上別的女人。其中最典型的是終身未娶的哲學家金岳霖，或許也包括婚姻痛苦的徐志摩。雖然文壇的後來人一再強調：金岳霖一生都與梁思成和林徽音作鄰居，吃飯同在一桌，彼此間的友誼高貴堅實，互相信任。但金岳霖在一般人的眼中，仍被目為太「傻」，這樣犧牲自己的幸福，哪裡值得！作如是想者，乃因不了解一個文學男人的幸福標準如何界定。

徐志摩那個時代的文學男女最多，另外一個非常明顯的典型是郁達夫和王映霞。郁達夫的作品和生活態度，常被評為具有頹廢的傾向，其實這種看法太過表面化，他可以說是一位真摯、熱情，最不矯揉造作，文格和人格表現得十分一致的作家。看了許多有關他的資料，包括他的自傳，我發現他在言詞中有對人間的不平，有對本身的自憐和自怨自艾，是個具有先天悲劇性格傾向，和對愛與被愛的強烈渴望的，多愁善感型的傳統文人。

一九二〇年郁達夫奉寡母之命，與知書識字又會寫詩的孫蘭坡成婚。事實上，在結婚之前、訂婚之後的五年裡，兩人已有魚雁往返，以詩互訴相思。譬如郁達夫隻身去日本，曾有這樣的詩句：「立馬潯江淚不乾，長亭訣別本來難，憐君亦是多情種，瘦似南朝李易安。」灑淚而別，又把未婚妻比作李清照，足見孫女士在他心中的地位。後來郁達夫又把孫蘭坡的名字改為孫荃，結婚之後，在日記裡口口聲聲稱孫荃為「我的荃君」、「我的女人」，這樣的感情基礎不能算不穩。但在他們共同生活了十二年、生過四個孩子之後，郁達夫在一個朋友家中遇到王映霞，一見傾心，立刻傾情如江河之水，狂瀉而出，他在日記中笑自己：「到了這樣的年紀，還會和初戀期一樣的心神恍惚。」

這就是了，一些文學男女的心，常和不識人間煙火的幼童一樣純潔，當他們投入到一個真正震撼了他的深心的感情時，往往忘了周遭環境乃至自身的存在，毫無抵抗力的被那自發的熱力燃燒，那在他人看來荒唐，甚至親痛仇快、被目為不道德的荒謬感情，對他們本身而言，卻是神聖、高貴、無比真實的。

徐志摩對林徽音、陸小曼是如此，郁達夫對王映霞也是如此。儘管到頭來兩敗俱傷，以悲劇結束，但確曾有過最美、最亮的一瞬。這些文學人的心需要真正的燃燒，而他們對愛和美的追求是沒有止境的。文學男女在紅塵道上尋尋覓覓、跌跌撞撞，為寂寞的心靈找尋出路的故事多得說不盡。

走到當代，便不能不想到，二十世紀中國文壇上的曠世才女張愛玲。

在早期的臺灣，讀到張愛玲作品的機會並不多，而且因為知道她的小說，多半發表在上海的軟性刊物《禮拜六》上，就得到一個粗淺的印象，彷彿她寫的無非是一般流行小說，沒有多少文學價值，直到後來張愛玲的作品大量出版，又經過如夏志清等專家的評介，一些文學創作者和愛好文學的讀者大眾，才對她有了正面的認知。我對張愛玲的小說有這樣的看法：她是一位真正的文學天才，對文字和語言有與生俱來的創造力和敏感性，用字的巧妙成熟，就像握在手裡的兩顆練身珠球，成熟自在、圓潤無比，是別人想學也學不成的一種天趣。她小說中的場景單調，人物也都是些市井平凡之人，但她能在那樣小的天地之中，頓悟出生命和人與人之間的深刻哲理，她的作品因之不朽。

張愛玲出身於沒落貴族，在父親脾氣乖戾、母親怨氣沖天，父母離異的環境中成長。分析她的童年和少年期，她得到的愛遠遠不夠，或許可以說她一直在孤絕中自生自滅的摸索著，根本沒有體驗過愛的滋潤與溫暖。如果她是個資質平庸的女孩，固然亦會感到痛苦，但不會受傷得如此之深，造成一生的孤僻和冷漠，亦不至於到二十四歲才接觸到生命中第一個男人胡蘭成，而且一接觸就像個情竇初開的中學生那樣，把自己全部交了出去。

張愛玲在一幀送給胡蘭成的照片上寫道：「見了他，她變得很低很低，低到塵埃裡，但她心裡是歡喜的，從塵埃裡開出花來。」見到胡蘭成，有時她忍不住會說：「你的人是真的麼？你和我這樣在一起是真的麼？」她是多麼的愛這個男人，完全的胸無城府和天真，是十足的文學女人的忘卻現實、純情浪漫的戀愛。但胡蘭成在人性的品質上、對男女感情的態度上，和她完全不一樣。他自以為是個善於舞文弄墨的才子，吸引越多的女人越能顯得風流倜儻。文學、思想、人生哲理一類的大題目，他也能談談，不過最能引起他興趣的，還是女人的肉體。嚴格的說，胡蘭成只是個有些文才的、比西門慶略強的酒色之徒。張愛玲與他的那段愛情和婚姻，只造成張愛玲對人生的失望和不信任，使她難有力量再去那樣愛一個男人。

張愛玲與長她三十歲的美國丈夫賴雅的結合，我認為，只是因為她受不住寂寞孤單，需要依靠，找個一個像家又不像家的、可以落腳休息的窩罷了。

看張愛玲一生的遭遇，就不難明白，為何她刻意的和人群隔離，情願選擇自我放逐式的孤獨。大隱隱於市，她將自己與滾滾紅塵之間，劃了一道界限，不許自己逾越，也不許紅塵逾越。對人生、對這個她所寄身的世界，她是要隔開距離，用冷眼來看的。張愛玲在作品裡流露出的深沉、清明，以致帶有宿命式的感悟，都證明她是個極成熟的人。男女之情的激越和悲歡離合，她也領略過，並領會到這種被世人反覆稱頌的情，是何等的虛幻不實。因此，一向迷戀《紅樓夢》的她，選擇那樣蒼涼的死，也就不令人意外了。「太上忘情，欲語已忘言。」應是這位才情超眾的文學女人的心情最佳寫照。

這些文學男女的特性和共性，就是多情、敏感，崇拜美和真，都有一顆文學心，也就是在文學領域裡常聽到的一個名詞：「詩心」。詩在文學作品中的地位是崇高的，譬如在德語詞彙中，習慣把寫純文學作品的作家稱為「詩人」，哪怕他根本不寫詩，只寫散文和小說。只要成就高、意境逸遠脫俗，便認為具有「詩心」。詩人又是什麼人？借用已去世的鄭騫教授，在〈詩人的寂寞〉一文裡的話說：「以往的回憶，未來的冥想，天時人事的變遷，花開花落，暮雨朝雲，一切都像風吹水面似的，惹起人們心情的波動。這些波動，層疊堆積起來，就需要寄託，需要發洩。這是人之常情，尤其多愁善感的詩人，更是如此。」他還說：「千古詩人都是寂寞的，若不是寂寞，他們就寫不出詩來。」這句話最是入木三分。

詩心是敏銳多感、需要寄託的。所以詩人是寂寞的。糟的是，每一個配稱得上文學男女的人，都有一顆詩心，如果沒有這顆心，便算不上是文學人。所以他們常常是寂寞的。

寂寞、詩心、熱情，加上心靈深處的「風暴地帶」，文學男女對人生的要求和表現，也許就與一般不喜舞文弄墨者不太一樣。而上天對於才子、才女之流也並無特殊待遇，他們照樣離不開穿衣吃飯，為人妻、為人夫、為人父母，按社會軌跡度日的柴米生活。但他們常常又不能自唯心、唯美的追求中脫離，徹底隨俗，將自己交給紅塵大眾。因此，他們常會遭遇到精神人生與實際人生的矛盾，成為一個支配生活的低能者。

所以，當我們審視一位有資格被稱為文學人的作家時，應該要跳出一般社會道德的層面，給他們較大、較廣的空間。文學男女不怕苦、不怕悲，可能對死亡也不是很怕。他們怕的是空洞、冷寂和庸俗。當他們感到生命已被掏空，精神頻於僵死，只為生存而生活的時候，會有難以忍受的窒息感，那風暴地帶也許就要颳起大風。如果我們在讀一本蕩氣迴腸的優美作品時，要求那作者是文學男人或文學女人，但在生活表現上又要求他是個規格人物，便算不得公平。

文學男女的真正價值在於他的文學，並不是他過得合不合社會慣例，兩者之間確實有無法統一的排斥之處。事實上，那些古往今來的優秀文學男女，曹植、柳永、周邦彥、徐志摩等等，儘管活著的時候不符合社會規律，留下的作品卻是千古不朽。他們的作品滋潤了千萬蒼生的心靈，美化了世界、充實了人間。試想這個世界上，如果沒有文學將是何等荒涼？事實上，這些人是為文學燃燒了自己。

（本文為在美國北卡，海外華文女作家六屆年會的演講稿）

國家圖書館出版品預行編目

忽成歐洲過客 / 趙淑俠著. -- 一版. -- 臺北
市 : 秀威資訊科技, 2009.04
面； 公分. --(語言文學類 ; PG0238)
BOD版
ISBN 978-986-221-199-1(平裝)

855　　98004210

語言文學類　PG0238

忽成歐洲過客

作　　　者 / 趙淑俠
發　行　人 / 宋政坤
執 行 編 輯 / 詹靚秋
圖 文 排 版 / 郭雅雯
封 面 設 計 / 李孟瑾
數 位 轉 譯 / 徐真玉　沈裕閔
圖 書 銷 售 / 林怡君
法 律 顧 問 / 毛國樑　律師
出 版 發 行 / 秀威資訊科技股份有限公司
台北市內湖區瑞光路583巷25號1樓
電話：02-2657-9211　傳真：02-2657-9106
E-mail：service@showwe.com.tw

2009 年 4 月　BOD 一版
定價： 270 元

讀者回函卡

感謝您購買本書，為提升服務品質，請填妥以下資料，將讀者回函卡直接寄回或傳真本公司，收到您的寶貴意見後，我們會收藏記錄及檢討，謝謝！

如您需要了解本公司最新出版書目、購書優惠或企劃活動，歡迎您上網查詢或下載相關資料：http:// www.showwe.com.tw

您購買的書名：________________________________

出生日期：________年________月________日

學歷：□高中（含）以下　□大專　□研究所（含）以上

職業：□製造業　□金融業　□資訊業　□軍警　□傳播業　□自由業

□服務業　□公務員　□教職　□學生　□家管　□其它_____

購書地點：□網路書店　□實體書店　□書展　□郵購　□贈閱　□其他

您從何得知本書的消息？

□網路書店　□實體書店　□網路搜尋　□電子報　□書訊　□雜誌

□傳播媒體　□親友推薦　□網站推薦　□部落格　□其他__________

您對本書的評價：（請填代號　1.非常滿意　2.滿意　3.尚可　4.再改進）

封面設計____　版面編排____　內容____　文／譯筆____　價格____

讀完書後您覺得：

□很有收穫　□有收穫　□收穫不多　□沒收穫

對我們的建議：________________________________

____

____

____

請貼
郵票

11466
台北市內湖區瑞光路 76 巷 65 號 1 樓
秀威資訊科技股份有限公司 收
BOD 數位出版事業部

（請沿線對折寄回，謝謝！）

姓　　名：＿＿＿＿＿＿＿＿＿＿　年齡：＿＿＿＿　性別：□女　□男

郵遞區號：□□□□□

地　　址：＿＿＿＿＿＿＿＿＿＿＿＿＿＿＿＿＿＿＿＿＿＿＿＿

聯絡電話：(日)＿＿＿＿＿＿＿＿＿＿＿(夜)＿＿＿＿＿＿＿＿＿＿

E-mail：＿＿＿＿＿＿＿＿＿＿＿＿＿＿＿＿＿＿＿＿＿＿＿＿＿＿